Varmebænk
og
tagterrasse

Veninde i skjul

MIX
Papir fra ansvarlige kilder
Paper from responsible sources
FSC® C105338

Varmebænk
og
tagterrasse

Veninde i skjul

Poul Otto Jørgensen

Tidligere udgivet:
Skrinets Hemmelighed 2023
Det gamle kort 2023
Kirkebugtens dyb 2023
Stjernestøv i blodet 2023
Fatima og Peter 2023
Simple vers og meninger 2024
Morocco through my glasses 2024
Marokko set gennem mine briller 2024

Forlag: BoD · Books on Demand GmbH, In de Tarpen 42,
22848 Norderstedt, Tyskland
Tryk: Libri Plureos GmbH, Friedensallee 273,
22763 Hamborg, Tyskland
ISBN: 978-87-4305-979-0

Indhold

Forord
Tanker på varmebænken 1
En gammel veninde dukker op
Indhentet af fortiden
Rejsen til Marokko
Opholdet i Marokko
Tilbage til Sverige
Tanker på varmebænken 2
Hay Assersif
Tanker på tagterrassen
Efterskrift

Forord

Jeg har så mange tanker, som jeg brænder for at delagtiggøre mine medmennesker i.

Da mange af tankerne er kommet til verden på den ene af Perstorps varmebænke, mens jeg sad og varmede numsen og ryggen, følte jeg det naturligt, at gengive tankerne fra denne bænk suppleret med tanker; jeg har tænkt på min tagterrasse på mit hus i bjerglandsbyen Hay Assersif i Marokko. De tanker jeg ikke har kunnet placere, slipper jeg løs i efterskriftet.

For ikke at det hele skal blive alt for kedeligt, har jeg flettet mit møde med min gamle veninde Lai Mui ind i min tankeverden. Lai Mui, som jeg blev tvunget til at holde i skjul og forsvare i en grum situation.

Da jeg ikke er i tvivl om, at min gamle hippieven Eric har været en stor inspirationskilde til mine tanker, bringer jeg ham hermed min varmeste tak for vores diskussioner igennem snart flere måneder. En lige så stor og varm tak skal lyde til min gamle ven Mogens Madsen, som med stor tålmodighed i tide som i utide har givet sig tid til at lytte til mig og kommentere mine udsagn.

Tanker på varmebænken 1

Da jeg havde fået ny hofte efter mit hofte sammenbrud, skulle jeg motionere og rekreere en tid i Sverige. Så, så snart jeg kunne begynde at tøffe rundt i den lille by Perstorp, hvor jeg bor, gjorde jeg det.

En af dagene, da jeg sneg mig på ICA supermarked for at købe lidt ind til livets fornødenheder mellem regnbygerne, satte jeg mig jeg på tilbagevejen på den ene af byens varmebænke for at få lidt varme i mine bagerste dele. Mens jeg sad dér og varmede mig, passerede der flere mennesker forbi - der kom "almindelige svenskere," syrere, irakere, thailændere, vietnamesere og dem jeg har glemt - selvom de var meget forskellige at se på, råbte de ikke efter hinanden eller sloges - de passerede hinanden med venlighed og nogle hilste endda på hinanden.

Det fik mig til at tænke på, hvorfor vi kan enes og leve sammen i fordragelighed her i Perstorp, når der er så meget krig ude i verden?

Svaret ligger lige på tungen - Det er nogle få magtsyge personer, der starter krigene på bekostning af alle os andre fredelige mennesker og får os med på stridsvognen - det er virkelig sørgeligt, at det skal være sådan og altid har været sådan; så mit store ønske må være, at vi på en eller anden måde i fremtiden formår at standse disse magtsyge individer, inden de får sat vores verden i brand!

Jeg tænkte videre.

Jeg har af naturlige grunde størst kendskab til flygtninge strømmen ind i Sverige og ved, at den ikke har været så lav i flere år - den er stedse aftagende.

Selvom der stadig er mange flygtninge mod Europa, har Europa i store dele af Afrika - jeg ved ikke, hvordan det er med den øvrige verden - fået en lav stjerne, Europa er ikke det forjættede land længere, her er for meget krig og for meget mangel på frihed, bliver der blevet sagt.

Hør blot hvordan, det gik min marokkanske ven!

Min marokkanske ven er fra Europa kommet tilbage
med en klage!

Han troede, at der var meget bedre på den anden side af hegnet;
men det var forregnet.

Han fortalte, om et Europa præget af krig;
det kunne han ikke li'!

Han søgte den frihed, han kendte;
men ingenting hændte.

Selvom han tjente skejser,
følte han sig ikke som en kejser.

Og nu hvor efteråret kom,
fik han nerver og ondt i sin vom.

Han følte sig som i et bur,
uden tid og uden ur.

Han følte sig næsten senil
her i sit eksil.

Men en dag da han kiggede op,
sagde han: "Stop!
Gad vide om jeg i Marokko kan få mit gamle job?"

Han sendte en mail så god,
og fik et svar han forstod.

Velkommen hjem igen
gamle ven

jobbet ligger klar
til dig, som altid har været så rar!

Det er andre områder og lande, der er blevet attraktive - de moderne arabiske stater - ja selv Syd Øst Asien trækker - så det ender såmænd med, at vi kommer til at mangle arbejdskraft i Europa i takt med den stigende levealder, hvilket betyder, at der ikke bliver nogle grænser for, hvornår vi får lov til at holde op med at arbejde - det bliver helbredet, der kommer til at bestemme det. Men alligevel bliver der lavet afledningsmanøvrer, hvor der igen bliver fokuseret på flygtninge, illegale flygtninge og grænsekontrol og skærpet grænsekontrol. Man kan spørge sig selv hvorfor? Et kvalificeret svar er, at flere "regenter" i Europa behøver en afledningsmanøvre fra deres forfejlede politik, der skal findes syndebukke - det gælder også i den store verden generelt - der skal dækkes over de virkelige, store problemer. Et USA med stærke modstridende kræfter, der snart når kogepunktet. "Jamen, det bliver godt, når bare Trump ikke bliver præsident," bliver der sagt af nogle; de glemmer bare, at problemerne ikke skyldes hverken Trump eller hans konkurrent; men at det er svære, dybe problemer i det amerikanske samfund, som hverken Trump eller andre umiddelbart kan løse.

Når man tænker på, at USA stadig er et af verdens førende lande - måske stadig det førende, giver det anledning til bekymring, for kommer konfrontationen mellem de modstridende interesser op til overfladen med en borgerkrig til følge, hvad så med det kæmpe arsenal af atomvåben, USA besidder?!

De kræfter der rumsterer i Rusland er mindst lige så bekymrende - der er en meget stor modstand mod Putins styre; og en skønne dag går det med Putin, som det gik med kammerat Stalin; han blev fundet død siddende ved sit skrivebord! Ruslands atomvåbenarsenal i denne situation giver mindst lige så meget bekymring.

Det er svært at bedømme, hvordan det forholder sig i Kina. Måske der ikke er den store splittelse i samfundet som i USA og Rusland - noget kunne tyde på, at der ikke er en udpræget utilfredshed og modsætning befolkningen imellem, og kineserne er særdeles smarte, de kæmper helst ikke krige med kanoner og bomber; (selvom vi får at vide, at vi skal være bange for deres oprustning); men med udviklingshjælp på deres egen måde. Store dele af Afrika er i dag "kinesisk;" de udnytter ikke bare de enkelte landes ressourcer; men bygger hospitaler, bygger skoler og institutioner, universiteter og sætter ungdommen i gang - en ganske smart måde at vinde et land og dets befolkning på! Lars Løkke Rasmussen har da også erfaret dette - omend noget sent, så han vil assistere med et par biblioteker i Afrika, så må vi se, hvor meget det vil hjælpe?

Mine tanker sprang tilbage til friheden – den mærkelige størrelse, som jeg tænker så meget på
Det er vist kun Frihedsgudinden, der ved, hvad frihed er, og ingen har haft hende i tale endnu.

Jeg har derfor gjort mig mine egne tanker om, hvad frihed er, og jeg er blevet mere og mere i tvivl, jo ældre jeg er blevet, så med min alder på 78 år, er jeg i dag meget i tvivl.

Da jeg gik i skole umiddelbart efter 2. Verdenskrig, var jeg ikke i tvivl, vi havde frihed, vi var de frie; vi havde besejret de onde, vi havde besejret Nazisterne. Nu levede vi i en verden, delt op i Øst og i Vest, hvor vi heldigvis levede i det frie Vest. De stakler, der levede i Øst, var undertrykte uden frihed.

Vi havde senere en præst i skolen både i historie og religion. Den "mærkelige mand" satte spørgsmålstegn ved vores frihed og kom med flere eksempler på manglende frihed. Jeg forstod noget af det han forklarede; men der var meget, jeg ikke forstod. Alligevel satte det gang i mine tanker om den mærkelige størrelse frihed.

Jeg begyndte at kigge mig omkring og opdagede, at verden slet ikke var, som jeg troede; det jeg var blevet fortalt passede ikke, min amerikanske drøm smuldrede, min danske drøm smuldrede. Det var hård kost for en teenager, at opdage, at hans baggrund og hans fundament ikke var så solidt, som han havde troet.

Meget senere, da verden gik i opløsning, Berlinmuren faldt, og der blev åbnet op til Øst, tog jeg en reconeserings tur med en gammel kassevogn og en gammel ven ned gennem Østtyskland og ind i Tjekkiet. Jeg snakkede med folk undervejs og opdagede, at folk oplevede deres hverdag meget forskelligt, mange var glade og tænkte ikke på manglende frihed. Nogle fokuserede meget på styret, der havde været, og fordømte det og den manglende frihed. Det kom bag på mig. Jeg havde ventet at alle ville have fordømt det væltede styre og den manglende frihed, så jeg måtte revidere min opfattelse endnu engang.

Hjemme igen kom en af mine kolleger, hvor jeg arbejdede, med et mærkeligt udsagn: "Nu falder vores levestandard og vores frihed bliver af en anden klasse, for nu skal vi ikke længere vise, at vi er de bedste;" sagde han. Jeg spekulerede meget over, om det var rigtigt, hvad han sagde og må i dag konstatere, at han havde ret.

I Danmark har vi et demokrati, som vi nu har vedtaget, at det skal være. Nogle siger, at det er demokratiets diktatur - måske de har ret, for der er ikke meget plads til slinger i valsen med de retningslinjer og normer, der er for alt, sammenholdt med en stor kontrol af det enkelte menneske og samfundet. Hvor er friheden til at være fri og tænke frit? Man skal ytre sig efter nogle bestemte normer. Man skal for eksempel være klima tro og tro på klimaets afhængighed af CO2, selvom der i virkeligheden er for og imod. Hvis man er modstander og ytrer sig, bliver man tysset ned, selv der hvor de påstår, at de gerne vil have debatter for og imod indholdet i tilværelsen.

Jeg ved derfor ikke, om vi overhovedet nogensinde har haft frihed til at leve frit, eller om vi i dag har frihed til at leve frit.

Jeg føler mere og mere, at frihed er en personlig følelse, som ikke nødvendigvis behøver at være knyttet til et demokratisk styre eller en bestemt regeringsform. Eksempelvis snakkede jeg for nylig med en dame, der havde levet en stor del af sit liv ude på det russiske bondeland. Herude var de fuldstændig ligeglade med, hvem der havde magten inde i Moskva, bare de kunne leve livet i fred med deres afgrøder, deres husdyr og deres familier. Dette fik mig til at tænke en mærkelig tanke: ”Kan det virkelig tænkes, at der er steder i Putins kæmpestore Rusland, hvor man føler en større frihed end i Mette Frederiksens lille, kontrollerede Danmark?”

Sidst har vi set, Lars Lykke Rasmussens fremsyn, med hensyn til en tostatsløsning i Israel - Hamas - Palæstina konflikten, blive bebrejdet som yderst upassende i betragtning af situationen;

men fakta er, at Lars Løkke Rasmussen har ret, den eneste holdbare løsning er 2 stater, hvad enten vi vil erkende det eller ej! Lars Løkke Rasmussen har friheden til at ytre sig om det, og det bør der være respekt for!

Jeg tænkte tilbage på friheden på min marokkanske tagterrasse.

Når jeg sidder på taget på mit marokkanske hus, mens solen går ned bag mig og fuldmånen står lysende oppe på himlen foran mig, og himlens farver antager smaragd grønne nuancer, som går over i blåt med et stænk af lilla, alt imens dalens omliggende bjerge bliver mere og mere silhuet agtige, og jeg tænker på, at jeg skulle have betalt regninger for el og vand, som jeg har ikke fået gjort; men jeg ved, at ingen ville sige noget til det; nogle dage fra eller til betyder intet; får jeg et løft!

Jeg mærker frihedens sus!

Jeg nåede ikke mere for, det begyndte at småregne igen, så jeg luffede hjem i lejligheden. Jeg blev ikke rigtig færdig med mine Kina tanker; men vil tage dem mere detaljeret op i efterskriftet.

Efter at jeg havde spist et måltid mad bestående af kylling, grøntsager og lidt spaghetti tog jeg hul på en ny pakke is - 3 smags - jordbær, pærer og vanilje. Da jeg ikke kunne klemme mere ned, lagde jeg mig lidt på sofaen; men det blev kun kortvarigt, for det begyndte at småkrampe i min venstre lægmuskel, så jeg satte mig i stedet ved skrivepulten og begyndte at læse DR nyhederne på min smartphone. Når det drejer sig om nyhederne, bryder jeg mig ikke om alt det unødvendige tingeltangel, som TV'et præsenterer - også mere om det senere.

Jeg læste om den russiske frihedsbevægelse, som jeg også havde haft i tankerne på på varmebænken, og som i allerhøjeste grad eksisterer og venter på en lejlighed til at starte et oprør. Jeg læste det flere gange både forfra og bagfra. Jeg læste endda, hvad flere prominente personer mente om sagen. Det er dybt tragisk med forfølgelsen, deportationerne til de sibiriske fangelejre og de "mystiske dødsfald," det giver stof til eftertanke.

Da mine øjne fangede ordet ekspert, læste jeg lidt om - ekspertudtalelser - eksperter udtaler at - da jeg havde talt ordet hele 12 gange, fik jeg nok! Jeg gad simpelthen ikke læse mere i nyhederne, så i stedet for begyndte jeg at smådigte. Jeg kunne dog ikke få eksperterne ud af mit hoved, så jeg tænkte på alle de eksperter, der må findes i denne verden. Det undrer mig, for ordet bliver brugt i flæng – en ekspert har lige udtalt sig om..... – flere eksperter mener at......ekspertbistand til.......og så videre.

Så ud af ærmet kom:

Eksperter

Det vrimler med eksperter i fjernsyn og aviser,
så mange, at man næsten kan lugte deres fiser!

Hvorfor det altid er en ekspert, der sig udtaler,
volder mig en del af kvaler.

En ekspert er jo bare en på sit område specialist,
men det lyder sikkert for trist.

Her er et eksempel på min filosofi,
som sikkert ingen nyhedsmedier vil kunne li'!

Ekspert Christian Jensen forsker i sygdomme hos børn,
de fleste observationer er gjort i Tjørn.

Det er opsigtsvækkende og en verdenssenation
at eksperten i denne situation,
har fundet gener fra en lokal mutation.

Arvemassen er ude af kontrol,
så der behøves et forskerhold,

så sygdommen kan lokaliseres
og reduceres.

Der skal i regionen bevilges penge,
inden længe!

Hvorfor dog ikke bare skrive:

Christian Jensen, huslæge fra Tjørn,
har opdaget en mærkelig sygdom hos børn.

Han vurderer,
at der måske kan komme fler'

af de mærkelige sygdomme inden sommer,
så han håber, der kommer

hjælp fra regionen,
så man kan redde situationen!

Ja, ja! Jeg tænkte som så ofte på alderen og venskaber, så jeg fortsatte:

Sams og jeg

Fra drømmenes verden
vil jeg berette lidt mere om min
færden.

Jeg drømte i nat,
at jeg var en kat,

der lå på lur
i et gammelt skur.

Jeg så alle mine elskede forsvinde,
så de blot var et dunkelt minde

om dengang vi råbte og sang
i en verden med bægerklang!

Hvad var dog dette, hvad var der
sket?
Hvorfor havde jeg det nu først set?

Som kat kunne jeg ikke meget
gøre,
jeg ville aldrig blive større.

Så kom Sams forbi,
jeg havde aldrig ham kunnet li.'

Han var naboens hund så grum,
og han var aldrig stum.

Men denne aften satte han sig ved min side,
jeg kunne det egentlig ikke lide;

han virkede rolig og trist,
det er sikkert og vidst.

Han kiggede på mig med bedrøvede øjne,
og sagde sagte: "Nu ikke flere
løgne,

vi er kun os to tilbage,
det er ingen klage;

så hvad gør vi du og jeg, fortsætter vi kampen,
og skruer op for dampen?

Eller slutter vi fred, uden at nogen af os bliver vred'?"

Jeg sagde: "Læg dig her ved min
side,
det vil vi begge kunne lide!"

Vi lå længe og sagde ikke noget;
men vidste at krigen nu var
overstået!

Trods Sams er en hund og jeg er en kat,
blev vi for altid venner den nat.

Vi er begge meget gamle nu, og jeg kan næsten ikke mere rive;
men vi ved, det er vores
venskab, der holder os i live!

Jeg tænkte videre på den forgangne tid:

Hvor blev de af

Hvor blev de af,
blev de taget af tidens jag?
Eller var der en anden årsag?

Man kan tænke på,
at efterhånden som tiden får lov til at gå,
er det svært at forstå,
hvorfor vi tilbage kun er nogle få!

Det er et led i naturens gang,
så det hjælper ikke med en
klagesang.

Så gik den ikke længere, min højre hofte meldte sig, den gjorde ondt. Jeg tænkte på de vers jeg havde skrevet, da jeg havde været trist inden operationen.

Min hofte

Jeg spekulerer på, om det er det hele værd.
Jeg har med min hofte så meget
besvær.

Tre måneder snart er gået,
og jeg som havde håbet på, at det hele nu var overstået.

Når jeg mig brokker
og skriver: "Det er for galt for pokker,"

skriver de tilbage:
"Du har ingen grund til klage!

Der går sikkert en lille måneds tid for meget,
for situationen er lidt speget.

Det er ikke kun dig min ven,
der klager igen og igen!

Alt for mange er syge,
det er kommet som i en byge.

Så du må tage den med ro
en måned mere eller to!"

Men jeg synes ikke, at det skal være mig forundt,
at det næsten hele tiden skal gøre så ondt,

så jeg har fundet en anden
reparatør med flid,
som har lovet mig et kald indenfor en
måneds en tid!

Nu venter jeg spændt
på, hvornår jeg en indkaldelse får sendt.

Så jeg repareret min hofte kan få,
det bliver så skønt, så skønt igen at kunne gå!

Som tidligere skrevet, gik det dog meget anderledes. Min hofte brød sammen, så det blev en akut operation på mit sædvanlige sygehus - Hässleholms Sjukhus.

En gammel veninde dukker op

Netop da jeg havde versene færdige, ringede det på den lille klokke på yderdøren til lejligheden, det er ikke noget, der hænder ofte. Dem der vil besøge mig kommer næsten aldrig længere end til yderdøren i trappeopgangen, så jeg tænkte, hvem kan det være og kiggede ud gennem dørkikkerten. Det var noget af en overraskelse, udenfor stod der en kinesisk dame – jeg skønnede i farten, at hun var lidt yngre end jeg. Hun så nu ganske tilforladelig ud, så jeg åbnede døren og så hende i hendes fulde størrelse. Det var bare en lille dame ca. 1,60 meter i højden og ganske buttet. Hendes hår var gråt; men der var en gnist i hendes mørkebrune øjne, som jeg havde set en gang før i mit liv.

Da hun åbnede munden, sagde hun: ”Hej Pål!” Ligesom alle andre i verden gør det; det er kun i Danmark, jeg hedder Poul. ”Jeg smuttede lige ind sammen med din underbo – fortalte, at jeg er din gamle veninde.”

Allerede inden hun havde fået sagt det sidste, sagde det: ”Pling!” inde i mit hoved, hvorfor ved jeg ikke helt; måske det var gnisten i hendes øjne sammenholdt med hendes fremtoning og hendes blide væsen. Det var min gamle veninde – Lai Mui fra Hong Kong, som jeg ikke havde set meget længe. Hvad var dog dette? Hun havde også en lille rejsekuffert med sig. Tusinde tanker fløj gennem mit hoved samtidig med, at jeg sagde: "Velkommen Lai Mui!" "Mange tak Pål, nå du genkendte mig," fortsatte hun.

Vi satte os i køkkenet, da det er der, jeg altid holder til med kaffen, teen og maden indenfor rækkevidde. Desuden er stuen mere eller mindre et arbejdsværelse med et bordstaffeli og andet grej.

Det undrede mig, for hun talte flydende svensk, selvom det var med den specielle kinesiske klang, som mange kinesere har.

"Du svigtede mig, du svarede aldrig på min julehilsen, jeg ved også hvorfor. Det var din mama, der opsnappede brevet og irettesatte dig," sagde hun. "Hvor ved du det fra?" spurgte jeg undrende. "Åh Pål, jeg har mine forbindelser – jeg har kommunikeret meget med din gamle kammerat Per fra jeres skib, selvom han ikke er helt min type, holdt han tæt igennem alle årene; mens han levede. "Ja han døde desværre alt for tidligt, han var hård ved sig selv." fik jeg sagt. "Jeg har fulgt dig gennem hele dit liv Pål og ved hvilken urolig sjæl, du har været og måske stadig er; men det er det, der drager mig. Da Per ikke kunne berette mere af naturlige årsager, var det Lily, din lige afdøde bror Hennings assistent i Kina, som jeg har kendt fra barnsben, der fortsatte med at berette om dig – og desuden har jeg boet i Helsingborg en meget stor del af mit liv, så jeg ved meget mere end du tror." "Bor du i Helsingborg?" nærmest røg det ud af mig. "Ja da du svigtede mig og ikke giftede dig med mig, så papa kunne få sine værdier ud af Hong Kong, inden Kinas overtagelse, måtte jeg finde en anden, der kunne hjælpe os alle – hele familien, så jeg fandt Johan i stedet, som var svensker. Han var dengang styrmand og blev senere kaptajn. Han var lidt eventyrer som dig, så han var egentlig en god erstatning. Han hjalp papa og familien med at få vores værdier ud af Hong Kong i tide, hvorefter vi flyttede til England. Jeg trivedes dårligt i England – London og forstæderne er absolut ikke mig, så efter to år købte Johan og jeg huset i Helsingborg, hvor vi begge trivedes udmærket. Vi har også to voksne børn, en dreng og en pige, som bor i Stockholm og Malmö. "Jamen hvorfor har du ikke Johan med dig her i dag?" spurgte jeg og vidste inderst inde godt hvorfor, Lai Mui havde jo talt om ham i datid. "Det er en trist historie, da den stolte kaptajn kom hjem fra søen og skulle leve som pensionist, satte han sig i en stol og sygnede langsomt hen, vi mistede ham sidste år," små hulkede Lai Mui. Uden at tænke over det, lagde jeg armen over hendes skuldre og krammede hende. Det virkede – det tog ingen tid, før hun var den rolige og afbalancerede Lai Mui igen.

Da jeg spurgte hende om, hvad der bragte hende her til Perstorp til mig på denne aftenstund, blev hun igen urolig, jeg så tydeligt angsten i de ellers så gnistrende øjne.

Indhentet af fortiden

Lai Mui fortsatte: "De store familieværdier, som du skulle have hjulpet os med at få ud af Hong Kong; men som Johan i stedet hjalp os med at få ud, havde min far tjent oppe i Kina nord for Shanghai. Hele familien troede at han slet og ret var forretningsmand; men det har efterfølgende vist sig – efter hans og mors død, at han var en stor mafiaboss, der sad som edderkoppen i sit spind med tråde ud til hele Kina, ja til hele verden. Han lavede også "forretninger" med den italienske mafia, som nu kræver store summer af ham. De påstår, at han skylder dem utrolig mange penge.

Vores familieadvokat mr. Thompson, der også driver et privat detektivbureau, har lige meddelt mig, at mafiaen vil kidnappe mig for at inddrive den gamle gæld på den måde. Vi er tre børn – min lillesøster, lillebror og jeg – men det er altså mig, der står for skud. Jeg blev derfor anbefalet af mr. Thompson, at finde et sikkert opholdssted for den kommende tid på en adresse, som ikke figurerer i mafiaens systemer."

Nu piblede tårerne frem fra det lille menneske igen og løb ned over de buttede kinder. Jeg tørrede hendes øjne med et rent viskestykke og krammede hende endnu engang. Det hjalp igen. For hun fortsatte: "Så da jeg vidste, at du lige nu var i Perstorp og samtidig gennem hele livet har holdt min viden om dig for mig selv, var det oplagt at komme her til dig. Jeg ved godt at du er gift, men jeg ved også samtidig at din kone Jamila ikke har ønsker om at opholde sig i Sverige. Så da du er alene her, ville jeg spørge dig, om jeg må bo her for en stund, indtil der er kommet en løsning på problemet, og faren er drevet over? Du skal nok få det rigeligt betalt." "Glem det med de penge," sagde jeg. "Problemet er bare, at jeg er her på grund af min dårlige hofte, som kollapsede, så de var nødt til at akut operere mig på sygehuset. Så lige nu venter jeg på, at operationen skal heles, så jeg kan komme tilbage til Marokko. Når jeg er draget af sted, kan du ikke bare gå ned i forretningerne og handle, så vil du blive set, og måske vil nogle rapportere det til mafiaen." "Ja, det har jeg tænkt på," sagde Lai Mui. "Du må købe rigeligt ind, så der er mad til mange dage." "Yes, men min underbo Camilla kigger efter min post og min lejlighed, når jeg ikke er her, hvad siger vi til hende? Vi kan ikke fortælle hende sandheden, at du er jagtet af mafiaen!" "Nej, men vi kan fortælle hende, at jeg bliver jagtet af min eksmand og derfor søger ly her – det er en hemmelighed," sluttede Lai Mui af. "Okay du får soveværelset, og jeg sover i det andet værelse," resonerede jeg – og sådan blev det.

Lai Mui var hurtig til at pakke sit grej ud og få sig installeret i soveværelset. Efterfølgende planlagde vi så godt vi kunne, hvordan de næste dage skulle gå, og hvad jeg skulle købe.

Jeg blev nødt til at fortælle hende, at jeg på torsdag ville tage en tur til Danmark og regnede med at blive der i 5 dage – mandagen med.

Samtidig mailede jeg til min underbo Camilla, at jeg havde fået en gæst, som behøvede at være gemt af vejen i et stykke tid på grund af en eksmand, der jagtede hende, så hun behøvede ikke at tilse lejligheden, mens jeg var væk, posten kunne hun bare lade ligge i sin lejlighed, så ville jeg hente den, når jeg kom hjem.

Det var ikke småting, der var på indkøbslisten, jeg masede rundt med min opererede hofte og stokken den næste dag og var i flere specialforretninger efter kinesiske lækkerier og artikler – en masse grøntsager, som koster kassen i Sverige, var også på indkøbslisten.

Mens vi spiste den kinesiske mad Lai Mui havde lavet, mindedes vi dengang, vi spiste 19 retter mad i Hong Kong og smågrinede over, at vi havde kunnet sætte så meget til livs.

Vores samtale kom hurtigt til at dreje sig om mafiaen igen, jeg var fyr og flamme og spurgte og spurgte, mens Lai Muis øjenlåg blev tungere og tungere, så jeg opgav efter små ti minutter at spørge om mere. Lai Mui rejste sig kort efter og sagde, at dagen havde været hård. Hun var ked af at hun var uselskabelig; men sengen kaldte. Jeg gav hende et lille kys på kinden for gammelt venskabs skyld, inden hun gik ind i sengen.

Da jeg lå og sov midt på den "svarte nat," mærkede jeg pludselig to små buttede arme omkring min ryg og tykke mave! Hvad var dog det? Det var Lai Muis arme, der holdt omkring mig. Jeg sagde ingenting - Lai Mui sagde: "Det er lang tid siden Pål!" Jeg svarede: "Ja det er præcis 56 år siden." "Jeg trænger til lid tryghed, så jeg håber, at det er i orden Pål," fortsatte Lai Mui. Jeg svarede, at jeg følte det skønt - hun skulle bare blive. Ja og sådan blev det - det endte endda med, at det ikke var i den lille seng i gæsteværelset, vi sov sammen; det blev i den store seng i soveværelset, vi tilbragte de efterfølgende nætter.

Lai Mui havde både sin smartphone og sin computer med og tjekkede dem hver dag.

Lai Mui fik ofte krypterede mails fra mr. Thompson. Hun havde fået et program af advokaten, der indeholdt et snurrigt krypteringssystem, som virkede ganske udmærket. På tredjedagen efter endnu et overdådigt aftensmåltid, modtog hun en mail fra mr. Thompson, som hun efterfølgende, efter at have tydet den, læste højt for mig: "Kære Lai Mui! Det er ikke godt, at du opholder dig længere i Sverige. Vi erfarer, at der er ret så mange fra mafiaen, som arbejder på at finde dit opholdssted, så om muligt behøver du inden længe at finde et alternativt sted uden for Sverige. Venter dit svar snarest. Venlig hilsen, John Thompson."

Det varede længe før vi fik desserten, for vi begyndte på en lang samtale, hvor vi drøftede det ene land efter det andet og det ene opholdssted efter det andet. Vi snakkede også om, hvordan vi skulle komme til stederne, uden at nogen opdagede os. Der var ingen umiddelbare løsninger; vi blev trætte i vores hoveder og besluttede at fortsætte vores samtale efter desserten – en pragtfuld æblekage. - Det endte med, at vi i kor, mens vi kiggede på hinanden, udbrød: "Vi tager begge to til Marokko!" Ja, og sådan blev det.

Så i stedet for, at jeg tog på den 5 dages tur til Danmark, lod jeg raskmelding være raskmelding og lagde sammen med Lai Mui en snedig plan. Da det var for nemt at passe os op i Kastrup lufthavn, ville vi ikke benytte denne som afrejse lufthavn; vi ville i stedet for tage med Flixbus fra Malmö til Krakow og flyve derfra til Agadir og fortsætte med venners hjælp til Jamilas og mit hus i Hay Assersif i bjergene. Der var bare et lille problem; jeg skulle returnere til Sverige, så jeg kunne blive tjekket på sygehuset efter en måneds tid og forhåbentlig blive raskmeldt. Hvordan tacklede vi det? Det var ikke noget problem, erklærede Lai Mui, hun ville bare blive i Marokko, mens jeg var i Sverige. Hun var rimelig sikker på, at hvis hun kom sikkert til Marokko, ville hun kunne opholde sig i huset i bjergene, uden at nogen af hendes forfølgere ville ane uråd. Vi blev også enige om, at der ikke var nogen grund til, at Jamila blev jaloux, så Lai Mui var en kvinde, jeg havde mødt i Perstorp, som var forfulgt af en svensk forbryderorganisation og derfor behøvede beskyttelse uden for Sveriges rammer – Danmark var i den forbindelse for tæt på Sverige. Vi blev også enige om, at klap og kærtegn var forbudte, når vi nåede til Marokko.

Jeg ringede umiddelbart efter til Jamila og forklarede, at jeg kom inden længe. Jamila jublede, hun var glad for, at Pål alligevel ikke blev i Sverige. Derefter kom det svære; jeg skulle forklare om Lai Mui, som jeg ville tage med; men af en eller anden grund accepterede Jamila, at vi skulle tage os af hende og hjælpe hende mod de modbydelige svenske rockere, der skød alt og alle.

Et par dage inden vi skulle afsted tjekkede jeg mobiltelefonen og så straks, at der lå en besked til mig fra min gamle ven Jørgen

Gylling Folkmann. Helt nøjagtigt skrev han: Hej Poul Otto! Jeg tror stadig, der er én, der misbruger din FB profil. Jeg har lige fået en venneanmodning fra "dig."

Hvad var nu det? Jeg var vist blevet paranoid! Havde det noget at gøre med Lai Mui på en eller anden måde? For det første fik jeg travlt med at skrive på Facebook, at jeg sandsynligvis var blevet hacket, og at min nye venneanmodning var falsum. Jeg skrev det samme på Messenger til alle dem, jeg jævnligt kommunikerer med. Dernæst begyndte jeg at "forske" i hvad og hvem, det kunne være. Jeg opdagede hurtigt, at en eller anden person fra Can Tho i Vietnam havde fået adgang til min Facebook profil og var meget forundret over det, for min kode var virkelig svær?! Men jeg fik ham hurtigt koblet af. Næsten samtidig rapporterede min datter Christina, at hun havde anmeldt til Facebook, at der var indbrud på min konto, hvilket jeg straks efter fik bekræftet på e-mail. Det var godt nok så langt, nu vidste alle, hvad der var sket, så jeg koncentrerede mig som det næste om at ændre koden til en ny og meget svær. Tanken i baghovedet, nagende mig stadig, var det på grund af Lai Mui og hendes "mafia venner," at jeg var blevet hacket, var der en sammenhæng? Jeg fortalte selvfølgelig Lai Mui, hvad der var sket; også hun var skeptisk, hun vidste, at hendes far havde haft "venner" i Vietnam. Men hov! Hun havde ikke kigget på Facebook i dag; hvordan stod det til med hendes konto? Hun havde en mærkelig fornemmelse – hvorfor vidste hun ikke. Da hun granskede kontoen, hændte der noget mærkeligt – der var én i Vietnam, der også havde brudt ind på hendes konto fra præcis samme sted. Hvordan kunne det hænge sammen? Lai Mui observerede også, at hun havde fået advarsler på Messenger fra to af sine venner, som undrede sig over, at hun ville være ven med dem endnu engang. Da vi gennemgik det hele, var der ingen tvivl om, at det var den samme person, der havde prøvet at tage vores profiler?! Vi fandt efterfølgende aldrig ud af hvorfor; men vi er af den anskuelse, at han eller hun har villet tjekke sammenhængen mellem Lai Mui og jeg, samt måske også spionere mod os, så de vidste, hvor vi var, og hvor vi eventuelt ville begive os hen.

Resultatet blev, at både Facebook og Messenger kun efterfølgende blev brugt meget sparsomt og slet ikke til personlige oplysninger.

Turen til Marokko

Den følgende fredag eftermiddag tog vi toget fra Perstorp til Malmö for at fortsætte rejsen med Flixbus til Krakow i Polen. Vi vidste allerede inden, at det var store rejsedag, så der var mange rejsende at registrere for eventuelle spioner eller for nogen, som ville antaste os. Jeg vidste allerede, inden vi tog hjemmefra, at der ville blive forsinkelser, så jeg beregnede 2 timer i Malmø - det gik nu ikke så galt, selvom togtrafikken i Hässleholm var ophedet, var det kun en time, der forsvandt undervejs, så vi havde en ventetime i Malmö, inden bussen kom.

Flixbus er normalt meget bekvemme at køre med - god benplads og et fint sæde, denne var ingen undtagelse - bare irriterende at chaufførerne kun talte polsk.

Da vi forlod Rødby, var bussen stopfyldt - hver gang vi læssede af i Tyskland, kom der nye på i stedet.

Overfor mig sad der en kraftig dame, der skulle hjem til Ukraine - ind imellem kiggede hun tomt og sørgmodigt frem for sig - hvilket jeg godt forstod.

Da vi forlod Berlin, faldt jeg i søvn, Lai Mui sad allerede med sin lille hovedpude op ad mig og sov. Da jeg vågnede i de tidlige morgentimer, så jeg straks, at skiltene var polske, vi var kørt ind i Polen, uden at jeg havde bemærket det; Lai Mui sov stadig, og jeg lod hende sove, da der ventede os en lang dag.

Det var mærkeligt at gense det Polen, jeg havde kørt 4.500 km igennem for 11 år siden. Markerne var nu veldrevne og frodige, og det var moderne landbrugsmaskiner, der mødte mit blik - jeg så ingen hestetrukne selvbindere som sidste gang, heller ingen hestevogne. Inden Katowice var høsten endda gået i gang.

Den første store by vi nåede var Wroclaw - det var fantastisk at se den ene moderne store virksomhed efter den anden, som var skudt op i udkanten af byen. Det var en enorm udvikling, der havde fundet sted i de år, jeg ikke havde været der.

I Wroclaw sagde vi farvel til damen overfor mig; hun skulle med en bus herfra til Ukraine. Det var i stedet for en ung dame med et fjernt blik og høretelefoner i sine ører, der satte sig overfor os.

Da vi kørte mod Katowice, så jeg kun en enkelt portal - elevatoren til en kulmine; sidste gang jeg var på de kanter, havde der været mange.

I Katowice så jeg pludselig de to gader, der danner et Y og huskede, hvordan jeg var kørt forkert dér, den første gang jeg havde været der. Selvom der også var sket en del i byen, var den absolut genkendelig med sine gamle huse og omgivelser - der var bare én ting, der var forandret - alt det sorte kulstøv, som havde dækket husene og gaderne sidste gang, var væk, så byen kom rigtig til sin ret med sine rene og malede huse.

Selvom det var betalingsvej, vi kørte på, var der en del vejarbejde og flere steder tæt trafik, så vi var en lille time forsinket, da vi nåede Krakow.

Uheldigvis lå den centrale busstationen i udkanten af byen, så jeg fik ikke set det centrale af staden, hvor jeg tidligere havde opholdt mig.

Da vi skulle skifte bus i Krakow til lufthavnen, måtte jeg konstatere, at der var et væld af forsinkede busser og alt for mange rejsende, så der var gået kaos i bus logistikken. Desuden har polakkerne glemt at tale engelsk, og jeg har glemt det sparsomme polske, jeg tidligere kunne præstere. Samtidig med dette er polakkerne blevet meget afmålte i deres optræden - noget jeg har erfaret fra andre lande, hvor velstanden har gjort sit indtog; ingen spas mere; så det var svært at få en klar besked. Heldigvis mødte vi et par piger, der talte lidt engelsk, så vi fandt sammen ud af, hvorfra vores bus til lufthavnen afgik - troede vi! Men på én gang, da der arriverede en forsinket bus, blev det elektroniske skilt ændret uden nogen form for meddelelse. Jeg spurgte forgæves buschaufføren på den forsinkede bus om, hvor vi skulle med i stedet for - det var svært at få forklaret ham det; men det gik. Da han svarede, vidste han selvfølgelig ingenting, så igen måtte vi på jagt efter en ny afgangs platform - heldigvis lykkedes det at finde den 5 minutter inden bussens afgang.

Lufthavnen var fyldt op. Vi havde tjekket ind i forvejen, så det var security, der var vores næste mål - det gik i øvrigt rigtig godt, selvom jeg peb som en gal på grund af mine protester og skulle undersøges og klappes hér og dér. Lai Mui strøg lige igennem.

Men så var freden også brudt - mennesker over det hele - og efterhånden som vores flyafgang nærmede sig, kom den ene forsinkelse efter den anden, med panik til følge hos dem som skulle styre boardingen - det var lige som på busstationen med skift af boarding stederne via lystavler og sparsomme meddelelser i højttalerne. Det blev ganske kaotisk, da os, som skulle til Agadir, blev blandet med dem, som skulle til Leeds på grund af de tætliggende boarding-indtjekningssteder.

Heldigvis havde vi begge købt tilladelse til en ekstra lille kabine kuffert og havde dermed first priority, så vi svansede direkte uden om de kaotiske køer og viste pas og QR kode til en temmelig stresset dame.

Derefter ventede vi 20 minutter på en trappe, inden der kom en flybus og hentede os. Da vi kom ud til flyet, var det ikke klart, så det blev til 15 minutter mere - stående som sild i en tønde i 32 gr. C!

Da vi endelig blev lukket ind i flyet, gik det ikke roligt for sig. Da en kæmpe tyk mand, der grangiveligt lignende en af fortidens skarprettere, satte sig overfor mig på den anden side af midtergangen og skulle have sin bagage op på hylden, lykkedes det for ham - først at tabe en sæk med bagage ned i hovedet på mig - den var heldigvis blød. Den lille kuffert, han også havde med, nåede at ramme min skulder - den var uheldigvis ikke lige så blød. Da jeg brokkede mig og sagde, at han skulle tage den med ro, gryntede han bare.

Mareridtet var ikke forbi; vi manglede starttilladelse, som vi først fik efter en god times tid; imens prøvede flyets airconditionanlæg at holde temperaturen nede, så vi kunne undgå de 32 gr. C., der var udenfor. Det lykkedes nogenlunde; men med et vældigt træk til følge.

Vi havde følt os sikre hele vejen og følte os stadig sikre i forvisning om, at ingen havde haft fantasi til at forestille sig vores besværlige rejsevej.

Der var ingen stewardesser, kun stewarder - kun én talte en smule engelsk, de andre kun polsk. Selv kaptajnen meddelte sig på et gebrokkent uforståeligt engelsk. Jeg må tilstå, jeg har aldrig tidligere oplevet noget lignende!

Vi ankom til Agadir med mere end 2 timers forsinkelse! Men stadigvæk med den sikre følelse i maven.

Da vi stod på flyets trappe, fornemmede jeg den svale nat og den friske luft - det var befriende - det var en befrielse.

Det var en anden verden med smilende, imødekommende mennesker, der talte både engelsk og fransk. I immigration var alle "bure" åbne klar til at modtage os, så det gik rigtig hurtigt. Da jeg ville tage min kasket af, så officeren kunne se mig, som jeg nu engang ser ud, sagde han: "Nej, nej, du er jo gift i Marokko - dig kender vi; velkommen tilbage!" Lai Mui havde med sit svenske pas og venlige væsen heller ingen problemer.

Da vi nåede ud til min ven Hassan, som skulle hente os, brokkede han sig selvfølgelig over de 2 timers forsinkelse, så jeg måtte forklare ham, at jeg ikke havde kunnet kontakte ham, mens vi ventede i flyet. Han faldt nu hurtigt til ro og skulle høre, hvordan det stod til ude i den store verden. Det var Hassans bror Abdul Karim, der kørte.

Da vi nåede hjem til Jamila midt på natten, jublede hun og lagde sine arme omkring mig, selvom de heller ikke kunne nå. Der gik et glædens sus igennem mig over at blive modtaget på den måde. Jeg behøver Jamila og hun behøver mig, trods vores store aldersforskel har hun noget at give mig, og jeg har noget at give hende - det er ægte SYMBIOSE! Mit gamle hjerte hoppede en ekstra gang!

Jeg jublede også inde i mig selv; jeg havde klaret hele turen uden brug af rullestol eller stokke, selvom jeg havde gået meget, meget mere, end jeg havde regnet med - det var fantastisk! Jeg havde godt nok fået lidt "bly" i skoene; men det forsvandt ret hurtigt.

Jamila tog ovenud pænt mod Lai Mui, med kram og kindkys. Selvom der var en stor aldersforskel og sproglige problemer på grund af, at Jamila taler fransk og sparsomt engelsk, mens Lai Mui modsat taler engelsk og meget sparsomt fransk, forstod de instinktivt hinanden. De gik rigtig godt i spænd sammen. De elskede begge at lave mad med fine råvarer. Endvidere passede bjerg klimaet Lai Mui fortrinligt.

Der gik ikke mange dage før Lai Mui modtog en mail fra mr. Thompson, som havde modtaget en mail fra en (mafia)boss, med redegørelse for Lai Muis gæld/skyld. Taktikken var åbenbart ændret - det havde vist sig problematisk at shanghaje Lai Mui - hvilket han naturligvis ikke skrev, men det lå mellem linjerne. Nu var der lagt op til et forlig med Kwong familien.

Jeg havde sidst i forrige århundrede rodet mig ind i et ja flere anpartsprojekter i et firma Sanexco og blev efter en telefonsamtale med Sanexco direktøren klar over, at læsset var væltet. Jeg blev ganske klam, da det stod klart for mig, at jeg skyldte mere end en million kroner væk.

Min kones (Runa, som desværre ikke lever længere) advokat Torsten Dahl sagde til mig: "Du har ingen penge; men jeg kan tilbyde dig, at du kan komme her og lære, hvordan man skriver breve, og hvordan du repræsenterer dig selv i retten."

Da jeg havde fortalt Lai Mui historien, kiggede hun på mig og sagde: "Der fik du en ny opgave Pål!" "Hvad mener du med det?" spurgte jeg undrende. Du skal kontakte mr. Thompson og aftale med ham, at du forsvarer mig i retten i stedet for en eller anden tilfældig advokat, som han finder." Jeg afslog naturligvis hendes bøn adskillige gange; men "pigebarnet" blev ved med at plage mig, og Jamila, som troede, at det var rockerne, jeg skulle forfølge, blandede sig også i plageriet til fordel for Lai Mui. Så jeg gav op og sagde: "Ok!"

Den næste dag, hvor vi kontaktede mr. Thompson, præsenterede Lai Mui ham for mig med de referencer, Lai Mui havde fået af mig. Lai Mui insisterede på, at jeg skulle forhandle for hende, og hvis hendes familie ønskede det også for dem. Mr. Thompson udbad sig betænkningstid til den næstkommende dag, hvor han ville kontakte os.

Da mr. Thompson kontaktede os den næste dag, havde han talt med den øvrige familie, som på grund af Lai Muis autoritet i familien, alle havde accepteret mig som deres forhandler. Mr. Thompson og jeg berammede derfor vores første møde til lige efter, jeg havde været hos ortopæden i Sverige for forhåbentlig at få raskmeldingen.

Om det var på grund af nerver over min kommende opgave, eller om der var andre årsager - måske alligevel rejsen havde været for hård - ved jeg ikke; men den næste dag, fik jeg mange smerter i min opererede hofte, så i stedet for at beklage mig til pigerne, haltede jeg ned til det gamle udtørrede vandløb, oaken, som kun er vandfyldt i regntiden. Mens jeg sad og plejede mine smerter ved oaken, fik jeg

så meget selvmedlidenhed,
som ingen ved:

Der er ingen der drømmer om, hvor meget jeg har lidt!
Min højre hofte var så slidt, så slidt!

Jeg orker næsten ikke mere
for mine smerter bliver flere og flere!

Jeg kan ikke sidde, jeg kan ikke gå
og slet ikke stå!

Jeg går af bjerget ned med stokke to.
Ja, det er svært at tro!

Jeg bliver betragtet som invalid,
jeg ved, at det er rigtigt, men håber, det bare er for en tid!

Jeg har levet mit liv
med mere end en viv.

Jeg er en gammel mand,
som tænker på det fremmede land,

hvor mine nære forhåbentlig holder til!
Opfat det, som I vil!

Ved den udtørrede sø,
satte jeg mig til at dø!

Bedst som jeg næsten var gået i hi,
kom Lai Mui til syne med noget mad, jeg kunne li'.

Jamila den lille trold, hun dansede og sang
med en eksotisk klang!

Lai Mui og sagde:
"Pål, du hører ellers ikke til de svage!

Du skal føre min sag
i fjendtligt lag.

Du er Jamilas mand.
Så du har bare at tage dig sammen og holde stand!

Vi har begge brug for dig,
så opfør dig nu ikke som et gammelt kvaj!"

Det var det, der skulle til,
tro det om I vil!

Jeg rejste mig fra søens bred,
og idet jeg skred,

nåede jeg at sige:
"I er to dejlige kvinder uden lige!"

Jamila fik et kys på sin mund
og Lai Mui et klap, hvor hun er ekstra rund!

Jeg blev endnu engang vækket fra min døs
af mere end én hengiven tøs!

Jeg blev støttet af de to,
hele vejen hjem, hvor jeg faldt endnu mere til ro!

På grund af de to, har jeg endnu engang taget mig sammen,
og sprunget rammen!

Jeg måtte erkende, at somme tider
skal der noget særligt til for at komme vider'!

Tilbage til Sverige

Selvom jeg stadig følte mig paranoid og begyndte at spekulere på, hvordan jeg bedst muligt kunne komme tilbage til Sverige, for at blive tjekket og forhåbentlig raskmeldt, valgte jeg alligevel den billigste løsning. Bus fra Agadir til Marrakech og fly fra Marrakech til København - Kastrup lufthavn.

Men turen om nogle dage få,
hvor jeg gerne Sverige skulle nå,

bliver drøj
uden nogen form for halløj!

Jeg har planlagt alt for så lidt som muligt at gå.
Men I må forstå.

Min plan bliver kvalt,
bare det med en time går galt!

Men skulle det blive så,
vil jeg bede om hjælp for mit hjem at nå!

Om aftenen klokken 10,
kom Hassan min ven, forbi.

Jeg tog en rørende afsked med mine kvinder to,
nu skulle de i huset sammen bo,

Vi kørte til Gare Routiere,
en rutebilstation af de svære.

Her jeg mig i bussen kæmpede ind
med et usikkert sind.

Men alle var søde og rare
og sagde: "Det manglede bare!

Vi hjælper dig med det hele,
du behøver ingen sele!"

Efter tre timers tur,
hvor jeg kun fik en lille bitte lur,

ankom vi til Marrakech midt på natten,
og jeg tørrede bort klatten

fra mine øjne to
bestilte ost og te og faldt til ro.

Senere i airporten,
jeg glemte alt om sporten.

Jeg klarede det hele uden stok;
men jeg var også lige ved at få nok.

I Kastrup gled det hele glat
efter den lange nat.

Op på toget til Sveriges land,
det gik hurtigt, langt over min forstand.

I Perstorp måtte jeg gå,
meget sagte, må I forstå!

Alle var indendøre,
og det var dårligt føre.

Tænk!
Jeg gik fra bænk til bænk!

Men nåede min lejlighed,
mens jeg på panden havde sved.

Jeg fik en hurtig kaffetår,
mens jeg mærkede hvordan det stak i mit lår.

Men jeg var fremme, målet var nået.
Det var bare godt, godt gået!

Jeg havde bare en dag til at sunde mig i, inden jeg skulle møde på Hässleholms Sjukhus.

Så på denne dag om morgen ventede der en bil fra Sygetransporten nede ved min hoveddør. Jeg har fået bevilget sygetransport et år indtil videre og betaler et beskedent beløb for servicen, hver gang jeg bruger den. Det er yderst nemt for jeg bliver transporteret direkte til sygehusets hoveddør og bliver igen afhentet ved hoveddøren.

Det er for det meste indvandrere, der er chauffører i disse biler; denne var heller ingen undtagelse; så jeg blev hilst velkommen af en Abdullah, som kørte mig direkte til sygehuset i Hässleholm.

Der var ikke særlig mange på sygehuset, da det var en "klemdag," - en dag mellem en helligdag og weekenden – på svensk helgen, så jeg kom hurtigt til.

Til min store overraskelse og glæde syntes fysioterapeuten, at jeg var blevet særdeles mobil, og han roste tilmed min træning; så stolt var jeg! Der var kun lidt justeringer med hensyn til mine såler, som jeg skulle tænke på og måske tage højde for, da det opererede ben var blevet en kende for langt; men det var i virkeligheden et luksusproblem.

Jeg blev afhentet af endnu en Abdullah – jeg spekulerede flygtigt på, hvordan Skåneland ville skaffe chauffører til deres sygetransporter, hvis alle disse tjenende mennesker tog "hjem."
Vi satte i gang, og Abdullah fortalte mig, at vi skulle have en patient mere med fra et genoptræningscenter ikke så langt herfra. Vi holdt kort tid efter ind på et centret – det var også i Hässleholm.

En ældre kvindelig pædagog kom ud med en stor dreng - ung mand. Han var meget kortklippet, og jeg så straks, at han var blind! Der hvor øjnene skulle have været, var der bare sprækker og ansigtet var skamferet - af granatsplinter. Han var meget stille og rolig og skulle køres til sin mor i Tyringe.

Da jeg var kommet mig så meget jeg kunne over chokket, tænkte jeg: "Din store idiot! Du har bekymret dig så meget over dig selv, og nu er du blevet klarmeldt - du har endnu engang fået lagt en bid til livet, selvom du er en gammel mand. Du skulle skamme dig over din opførsel og tankegang! - Se på denne dreng, som har fået sit unge liv ødelagt af granatsplinter og krig - hvilken utrolig tragedie!!!"

Sommetider, når jeg og sikkert også jer får paced os op til, at det skal være tempo, perfekt og ideelt, er det godt at erfare, at mange af de problemer, vi prioriterer højt, i virkeligheden er luksusproblemer.

"Det svip jeg fik over næsen" i dag gjorde et stort indtryk på mig; det var tiltrængt. Jeg fik muligheden for at se, hvor godt jeg har det og bliver behandlet. Denne skamferede unge knægt brændte sig fast i mit sind - jeg så pludselig relationerne i deres rette sammenhæng.

Ja, og så nåede jeg lige hjem, og hørte, at det ringede på døren - det var den dejligste, frodigste kvinde, man kan tænke sig - hun skulle gøre lejligheden ren for mig - hendes boss havde godt nok glemt at meddele mig det; men det gjorde ingenting. Jeg havde i løbet af en times tid en ren lejlighed, som jeg kunne fryde mig over.

Men nu er tiden vist inde til, at jeg skal i gang med at træne, så ud at prominere - "gå, gå, gå," som min lille berberdoktor, doktor Benbani i Marokko siger.

Jeg var dybt forundret og taknemmelig - jeg kunne gå igen - jeg havde fået min førlighed så rigeligt tilbage!
Da jeg kom hjem, var jeg klar til at gå i gang med med Lai Muis sag.

Ligesom, da jeg var involveret i min "egen inkasso sag," og dengang havde møder med advokat Thorsten Dahl, havde jeg nu møder med Lai Muis advokat mr. Thompson. Møderne foregik i London - hvor ellers. Det blev til 3 møder ialt, hvor jeg hver gang tog den billigste tur med Ryanair fra Kastrup til Stansted iført mine støttestrømper for ikke at få blodpropper i benene. Stansted er en lufthavn, jeg ikke bryder mig meget om på grund af paskontrollen og den upersonlige behandling af flypassagererne. Mr Thompson, som personligt hentede mig i lufthavnen hver gang, hvorefter vi spiste på restaurant, var en yderst behagelig person midt i fyrrerne med blå øjne og et lille smalt overskæg. Hans tale var yderst charmerende med et strøg af London.

Jeg havde opdaget at jeg manglede et dokument, hvor Lai Mui havde kvitteret for at have vedgået sig arv og gæld, da jeg ved et af møderne spurgte mr. Thompson om, hvor dokumentet var, blev han mig svar skyldig; men ville finde det til næste gang. Den næste gang vi mødtes, erklærede han, at dokumentet ikke fandtes?! Der var bare et dokument, hvor Lai Mui havde kvitteret for modtagelsen af arven, et dokument jeg allerede havde en attesteret kopi af. “Det giver Lai Mui et ekstra kort på hånden,” udbrød jeg spontant. "Ja, hvis du spiller det rigtigt for hende," sagde mr. Thompson med en spøgende klang i stemmen, det var næsten som at høre advokat Thorsten Dahl sige det.

Da jeg var hjemme i Perstorp igen, begyndte jeg at tænke over situationen. Spørgsmålet var, om jeg skulle returnere til Marokko eller blive et stykke tid mere i Sverige?

Jeg tænkte situationen igennem og blev enig med mig selv om, at det sikkert var bedst, at jeg blev i Perstorp - måske mr. Thompson ville have et møde mere, eller måske skulle jeg møde i retten. Så jeg fortsatte med mit svenske liv.

Tanker på varmebænken 2

Jeg arbejdede med Lai Muis sag og gik min daglige runde i træningens navn. Når jeg nåede til varmebænken ved biblioteket, følte jeg altid trang til at sætte mig på den både for at hvile og, som tidligere skrevet, for at få varmet numse og ryg.

Varmen havde også sin virkning på en anden måde, den satte mine tanker igang.

For et par dage siden, blev det en temmelig lang oplevelse, jeg tænkte på så meget, så meget.

Det hele begyndte med et lille skrift, som jeg havde modtaget på Facebook på engelsk; jeg er rimelig sikker på, at det er oversat fra arabisk - på arabisk har det uden tvivl været på de skønneste, smukkeste vers, hvilket det ikke var i den engelske tekst. Da jeg oversatte den engelske tekst, kunne jeg derfor ikke lade være med at lege lidt med den danske oversættelse og fik efterfølgende resultat, som uden tvivl slet ikke står mål med den arabiske originale tekst.

Men alligevel i al ydmyghed- her er min oversættelse:

Tænk på dig selv

Vær blid overfor dig selv og vis respekt,
ingen siger, du hver gang skal være perfekt.

Dine dage behøver ikke altid at være vidunderlige og lyse,
der vil være dage, hvor du vil gyse;

hvor din passion og energier er lave,
hvor du føler ingen motivation at have.

For at komme gennem disse dage,
skal du acceptere dem uden at klage.

Du skal omfavne din trætte sjæl inden i
og respektere dine evner og energi.

Dette er vores menneskelige natur,
der svinger med verdens ur.

Det er enkelt at forstå,
ikke bare for de få!

Disse vers førte mig videre i tankernes verden, jeg tænkte på religion, religioner og udfærdigede dette lille postulat, som vel ikke behøver en nærmere forklaring:

Da kristendommen kom til Danmark, blev den efterhånden dansk. Islam som kommer til Danmark, vil blive dansk på samme måde.

Så strejfede mine tanker en dansk politikers udsagn: "Der skal fødes flere børn i Danmark!" Jeg tænkte derfor: "Hvad vil vi?!" Jeg bliver nemlig mere og mere frustreret, når jeg læser om alle de bekymringer, der er på grund af, at verdens befolkning i mange lande stagnerer - ja endda i nogle lande reduceres.

Det sidste jeg læste var, at verdens befolkning ville toppe i 2080. Personligt tror jeg, at det bliver før - måske meget før, da jeg allerede nu ser en tendens i mange lande til, at fødselsraten falder selv i lande med en tradition for mange børn.

Men som skrevet - bekymringerne er store - her er nogle af dem: Hvordan skal det gå i et samfund, hvor en stor del udgøres af gamle mennesker?

Er det medmenneskeligt korrekt, at trække den gode arbejdskraft ud af udviklingslande?

Når der kommer sorte og brune til lande med en hvid befolkning, bliver befolkningen gradvist lysebrun og ændrer udseende.

Kristne lande spekulerer i, hvad de skal gøre med de medmennesker, der har Islam med sig.

Der spekuleres også i den faldende fertilitet - sædkvaliteten blandt mange mænd er ikke god; hvad gør vi ved det, og skal der gøres noget?

Endelig er der økonomerne, der skriger på stadig vækst - og det bliver svært med en stagnerende/ faldende befolkning.
Der er sikkert mange flere spørgsmål - men ovenstående er dem, jeg specielt har hæftet mig ved.

Helt overordnet er det min holdning, at vi skal klappe i vores små hænder over, at Moder Jord vil regulere os - først på den fredelig måde - senere hvis det ikke lykkes på den alvorlige måde med krig, hvor vi udsletter hinanden på voldelige vis.

Jeg klapper i mine hænder fordi, det er verdens store befolkning, der bidrager til den verdensomspændende forurening, CO2 udledningen (hvis man er CO2'er) og rovdrift af jordens ressourcer, endvidere skal klimaet ikke ændre sig meget, før der ikke er mad og drikke til os alle - det er vel til diskussion, om dette stade allerede er nået.

Hvis vi er enige i, at det er godt, at jordens befolkning reduceres på en fredelig vis af vores Moder Jord, vil jeg prøve at besvare de stillede spørgsmål, så lad os begynde fra en ende.

Et samfund med mange gamle mennesker behøver nødvendigvis ikke at mangle arbejdskraft. Det er et spørgsmål om, at ændre reglerne for, hvordan og hvornår man må arbejde. Der er selvsagt mange, der bliver syge og nedslidte med alderen, og dem skal der naturligvis tages hensyn til, hvorimod dem der kan arbejde skal have lov til at arbejde trods deres alder. Alfa og omega i fremtidens samfund skal være god levevis og helbredstjek. Der er heller ingen tvivl om, at der skal fokuseres kraftigt på alkoholkulturen på samme måde, som der fokuseres på tobakken.

Jeg kan tilføje, at for mit eget vedkommende, da jeg gik på efterløn som 62 årig, var jeg fuldt arbejdsdygtig og fortsatte med at arbejde privat med det, jeg syntes var sjovt, samt rejste verden rundt på kryds og tværs. Men det havde jeg jo ikke behøvet, jeg kunne have fortsat mit arbejde mindst 10 år til.

Diskussionen om, hvorvidt det er korrekt, at trække arbejdskraft fra udviklingslande til etablerede industrilande, tror jeg er overdrevet. Der vil selvfølgelig komme en del; men der vil også være mange, som bliver tilbage. Tænk blot på de store immigrationer til USA og Australien - gamle Europa blev ved med at bestå.

Når der kommer folk med en anden kulør og blander sig med befolkningen i et land, vil landets befolkning selvfølgelig med tiden ændre sit udseende - men ærlig talt, hvad gør det, hvis vi alle eller nogen af os, bliver lidt mere brune.

Jeg lever min tid i henholdsvis Marokko og Sverige. I Marokko er der et hav af forskellige mennesker med forskellige udseender og levemåder - og det bliver accepteret uden videre. Alle de anderledes udseende mennesker, vi har i Sverige, er trods Sveriges nuværende problemer alligevel en normal accept blandt befolkningen; tænk blot på min oplevelse på varmebænken!

Brokken over Islam er stor i mange lande, og det beror for en stor dels vedkommende på de terrorister, der påråber sig at være muslimer, hvilket de naturligvis ikke er, det er slet og ret banditter! Den islamiske tro, der uvægerligt vil komme med fremmed arbejdskraft, er af en hel anden karakter og vil med tiden antage et dansk islæt ligesom Kristendommen har gjort det - mit lige nævnte postulat - det er faktisk allerede på vej; men det bliver lidt omstændeligt at komme ind på det lige nu. Tænk på, at begge er mellemøstlige religioner, som i virkeligheden bygger på samme fundament.

Eksempelvis er bøn 5 gange om dagen ikke specielt muslimsk. Da jeg var gartner og vagtmester hos sømandspræsten i Melbourne, blev der bedt morgenbøn - jeg blev hentet ind til formiddags andagten, bedst som jeg arbejdede i bedene - der skulle bedes i kirkesalen. Bordbønnen til middagsmaden og bordbønnen til aftensmaden blev også overholdt, som det sidste på dagen fulgte aftenbønnen. Det blev vist til 5 gange i alt.
Tørklædet og påklædningen betragter jeg meget mere som kultur end religion - noget der også med tiden vil glide sammen i landenes fælles kultur.

Den faldende fertilitet er naturligvis ikke god for familier, der ønsker deres egne børn; overordnet set ved jeg ikke, hvor meget der skal ofres på det alter - det er Moder Naturs måde at regulere på.

Jeg har ikke noget svar på, hvad vi gør ved økonomerne, der skriger på stedse vækst. Men mener at der må findes en anden form for global økonomi - det gælder bare om, at så mange kloge hoveder bliver lagt i blød som muligt.

Summa summarum er min konklusion, som, jeg startede med, at vi skal klappe i vores små hænder over den tendens, der er i gang med en reduktion af verdens fødselsrater.

Selvom jeg sad her på den svenske bænk, tænkte jeg videre.

Jeg ikke løbe fra, at jeg er opvokset i Danmark og har levet en stor del af mit liv dér, så dansk kultur og moral med dens gode og dårlige sider har selvfølgelig præget mig; men jeg har været så heldig, at erfare, at der findes en mængde af andre kulturer og moraler ude i den store verden.

Allerede som 23 årig, da jeg sejlede med A. P. Møller - Mærsk som maskinmesteraspirant, stiftede jeg bekendtskab med en anden verden, der indeholdt mange forskellige kulturer; mange var meget anderledes end den danske; moralen var også forbavsende anderledes; det var mærkeligt at konstatere. Senere udmønstringer med andre skibe og rederier, samt mine "private" strejftogter ude i verden har så sandelig kun bekræftet dette.

Jeg har tit spekuleret på, hvordan mit verdensbillede ville være blevet, hvis jeg var blevet hjemme i lille Danmark uden de mange kulturelle og moralske forskelle, jeg modtog dengang - kulturelle og moralske forskelle, som når jeg tænker tilbage på mit liv, er blevet en del af mig.

Ja, og så er vi ved det, jeg læste på DR's nyheder for ikke så lang tid siden.

DR vil lave en udsendelsesrække med ulige ægteskaber - det jeg specifikt læste, var ældre kvinder, der giftede sig med unge mænd. Det skulle frem til diskussion i en udsendelsesrække i DR TV's rampelys.

Da jeg læste det, kom jeg straks til at tænke på mit ægteskab med Jamila, hvor jeg er meget ældre end Jamila - jeg er endda, dansk tradition tro, blevet beskyldt for at være en gammel gris.

Jeg kan huske; da jeg ville gifte mig med Jamila, snakkede jeg med hendes lillebror, der dengang var 26 år og sagde, at det var helt galt med den store aldersforskel mellem Jamila og jeg - "hvordan skulle det dog gå, jeg levede jo sikkert ikke så mange år mere;" lillebroren pegede med en finger op og sagde: "Det er der kun én der ved, måske jeg dør før dig." Jeg har efterfølgende tænkt meget på denne hændelse, for lillebroren levede bare 2 små år mere!

Men tilbage til de kulturelle forskelle. Mange steder ude i den vide verden ser man ikke skævt til et ægteskab, selvom aldersforskellen er stor, det er en naturlig ting, at to mennesker gifter sig af kærlighed eller af praktiske grunde, ligesom det også er en naturlig ting, at hudfarven kan være forskellig.

På en af mine rejser fra Marokko til Danmark, mødte jeg en dansk, enlig kvinde, der var medarbejder i en kommune i Danmark. Hun havde på en af sine tidligere rejser til Marokko mødt en ung mand, som hun var brændt varm på, så nu havde hun lige besøgt ham og var på vej hjem. Vi snakkede naturligvis om min situation og belært af mine erfaringer, gav jeg hende nogle gode råd: "Involver din danske familie så lidt som muligt og lad din kære kæreste blive i Marokko, hvor han er vant til at trives og kender de kulturelle normer. Hvis ikke dine børn og familie er internationale og kender kulturen og moralen ude i den store verden, får de svært ved at fordøje dit forhold!" Hun var klar over situationen og vidste, at hun skulle gå med listesko.

På guldmarkedet i det gamle Dubai, så jeg hvordan sheikerne havde et helt harem på slæb, som skulle have guldsmykker. Det var noget grænseoverskridende at se dengang. Senere har jeg snakket med folk i Marokko, hvor det er tilladt at have fire koner, om hvordan det fungerer i praksis. Min gamle ven købmanden Ibrahim sagde direkte til mig, engang hvor der var to svenske kvinder, der jagtede stakkels Poul: "Du må aldrig nogensinde tage to kvinder ind i dit hjem. Min far havde to koner, og det var ikke lige sjovt altid, for de var ofte jaloux på hinanden med meget diskussion og uvenskab til følge."

Min svogers far har to koner, meget praktisk én i byen, hvor han har sin residens og en i byen længere oppe i Marokko, hvor han fiskede fra. I det danske samfund ville det nok ikke være gået.

Jeg holder somme tider et møde med en gammel maskinmesterven, hvor vi snakker om dengang, vi sejlede verden tynd. Vi er blevet enige om, at holde vores samtaler for os selv, for vi ved, at hvis vi fortæller andre om deres indhold, vil de enten ikke tro, at det er rigtigt, eller også vil de fordømme det hele, da det absolut ikke stemmer overens med dansk kultur og moral.

Mine tanker kunne ikke holde op med at løbe af sted - jeg kom på en gang til at tænke på kapitalens uhyggelige magt lige fra dengang jeg sejlede ude i verden og til i dag, hvor jeg ser et mønster, som skræmmer mig.

Da jeg var ung og fri for fight og begav mig, som allerede fortalt, rundt i verden, opdagede jeg hurtigt min rigdom i forhold til de arme menneskers rigdom, som jeg befandt mig ibland.

Hvis en natklub var lukket på grund af, at den var fyldt op eller andet, var det bare at smøre dørvogtern med lidt penge. En taxa driver kørte "hele Thailand rundt" for en klatskilling, ja, jeg kunne nævne meget mere om, hvordan vi bestak, hvor vi kom frem.

Skibene, jeg var på, havde også en speciel kasse til bestikkelse - kamsjav - jeg har aldrig set stavemåden, så jeg staver det, som jeg hørte det. Når vi skulle lastes eller losses hurtigt i en havn, kom kassen med kamsjav frem; det fungerede hver gang; ligesom det også fungerede i mange andre henseender.

Senere i livet, da jeg elskede at lave ekspeditioner, var min kammerat, hans kone, min kone og jeg på opdagelsesrejse i Mexico. En lørdag bestemte vi, at dagen i dag var fridag, så vi sivede fra vores ydmyge boliger over på luksushotellet Don Carlos og satte i os liggestolene ved swimmingpoolen.

Straks efter kom der en striks, gal tjener farende ud og

erklærede, at her måtte vi ikke være, vi hørte ikke til hotellet, og i øvrigt var hotellet droslet ned på grund af manglende turister. Idet jeg halede et par amerikanske dollars op af lommen, sagde jeg: "Det var dog en skam; vi er nogle danske, tørstige mennesker, der trænger til lidt at drikke og også til lidt tapas." Den arrige tjener blev from som et lam, han var vores ven og ville snakke med bossen, om vi kunne få lov til at tilbringe dagen ved poolen.

Vi fik aldrig at vide, hvad bossen havde sagt, for straks efter stillede han med fire mexicanske Corona øl (det var før corona blev en sygdom) og en skål med tapas. Da dagen var omme, og vi havde plasket rundt i poolen og nydt nogle flere Corona øl samt lidt af de lækkerier, han var kommet med, fik han en ekstra drikkeskilling og strålede som en sol. Vi var hjertelig velkomne den næste dag!

Selvom mønstret, som skræmmer mig, ikke er af ny dato, blussede det op for nylig, da jeg kom til at tænke på den amerikanske valgkamp, hvor dem der har pengene sponsorer det parti og den præsidentkandidat de tror/håber vinder valget, selvfølgelig for at få indflydelse i den kommende regering, hvilket de sandsynligvis også får.

Jeg er blevet bange for at skrive noget konkret med navne etc., da jeg har mistet venner på grund af min holdning til en bestemt krig/krise i Mellemøsten. Men kan se den røde tråd i at en af stormagterne støtter én af parterne i krigen både økonomisk og militært. Præsidenten/stormagtens dispositioner kunne meget vel være præget af de store summer, som den støttede parts udenlandske beboere giver i støtte til valgene og forventes at give i støtte i fremtiden. Jeg kunne også forestille mig, at lille Danmark heller ikke er nogen undtagelse.

Det hele får mig til igen at tænke på flokdyret mennesket, som råber på demokrati uden at skele til virkeligheden.
Jeg tænkte ganske automatisk videre på verdens situation og min gamle mors udsagn.

Tyranner og andet godtfolk

Selvom jeg var et skarn
som barn,

husker jeg min moders ord:
"Hvor du end i denne verden bor,
vil tyranner altid springe ud i deres fulde flor .

De elsker magt
og de få der er på vagt,

bliver beordret til at tie,
når de starter deres krige;

mens masser af menneskers død
farver jorden rød."

Alexander den Store var egoist;
det er sikkert og vist.

Napoleon Bonaparte spejlede sig i sin egen ære
uden at tænke på sine landsmænd så kære,

der måtte krybe ud af deres vinterhi
for at føre en krig,
som ingen kunne li.'

Hitlers magtbeær
bragte den hele verden op på tæer;

så mange mennesker blev kanonens føde,
det var uhyggeligt med alle de døde.

Putin er slet ikke rar,
han vil være den nye Zar.

Det er ikke så nemt,
for Netanyahu har glemt

fortidens ur
med vold og tortur.

Han kæmper for sin magt,
så selv Hitlers sanser ville blive vakt!

Kun Xi Jinping, så hård er smart;
han vinder verden i en fart

med din charme
og sine åbne arme.

Den krig han fører
er skjult og ingen den hører!

Ud af den blå luft sprang "Skriget;" billedet malet af den norske maler Edvard Munch i 1893 – det uhyggelige varsel, stod brændt fast på min nethine og fik mig til at tænke på et lille dystert digt, jeg lige havde skrevet.

Dystre tanker

Jeg fik lige en dyster tanke,
som fik mit hjerte til at banke.

Det hele gik op i røg
og støj.

Det gik ganske galt;
braget var kollosalt!

Støvet blev hvirvlet op
over bjergets top.

Da det igen kom til syne,
lagde det sig som en dyne

over det ganske land,
såvel forkrøblet kvinde som mand.

Tyrannernes ordrer fra deres beskyttelsesrum i jordens indre,
kunne ingen forhindre;

men dem som skulle ordrerne høre,
kunne ingenting gøre.

De var blevet til forkullede lig,
som lå i det fri.

De radioaktive skyer
lagde sig over land og byer.

Det var den usynlige fjende,
som slog ihjel inden længe.

Kun nogle ganske få steder, er der stadig lidt liv;
det er, som at puste i et siv!

Selvom flere nu først
har overvundet sult og tørst,

er de blevet bombet tilbage
til de meget gamle dage.

Jeg var efterhånden blev godt varm og svedig i bagdelen, så det var på tide, at jeg satte kursen mod lejligheden.

Hjemme begyndte jeg at lave mad og brugte de tørrede tomater, jeg selv havde tørret i Marokko, til madlavningen – det måtte siges at fungere ganske vel.

Jeg skulle have nået en hel masse mere - Lai Muis sag og redigering af min bog om Marokko, som havde taget en rum tid; men pludselig hang hovedet nede på brøstet, og jeg hørte mig selv snorke.

Inden jeg fik set mig om, lå jeg inde i sengen for bare at tage et lille hvil, som blev til hele natten.

Den næste dag skulle jeg som noget af det første ned i ICA for at se, om de havde nogle tilbud og varer, som var ved at blive for gamle. Jeg har erfaret, at blandt andet youghurt kan holde sig meget længere end det, der står på kartonen.

Jeg fik ost, youghurt, pulverkaffe og kylling til favorable priser. Så godt så langt. Men hvad hændte på hjemvejen? Varmebænken ved biblioteket kaldte på mig endnu engang. Da jeg slog mig ned erfarede jeg, at der sad to ældre mænd og en kvinde på bænken. Da jeg kiggede nærmere efter, så jeg, at de sad og sypade (drak alkohol – svensk). Jeg snakkede naturligvis med dem, og de fortalte, at deres sædvanlige varmebænk ved ICA var ved at blive repareret, hvilket jeg allerede havde observeret. Så de måtte benytte denne her bænk af nød, selvom der var langt til Spritbolaget herfra. Jeg tilføjede, at det skulle de ikke være så kede af, nu fik de noget motion – selvom jeg mente det som en vits, forstod de den ikke – den var for svær!

Da der ikke rigtig var mere at snakke om, gled mine tanker ind i min vante tankeverden, og jeg kom til at tænke på dengang, jeg selv tog for mig af de våde varer.

Når jeg tænker tilbage, var det en befrielse for mig, den dag da jeg indså, at alkoholen er en særdeles skadelig gift; jeg vidste på én gang, at jeg skulle lytte til den gamle "mavelæge" og helt slutte med at indtage giften. Når jeg skriver befrielse, er det en befrielse på mange måder - jeg skal ikke overholde nogen som helst alkohol ritualer - én lille én om morgenen - øl til frokost og rødvin til aftensmaden, som gerne blev til flere glas. Én befrielse fordi jeg føler mig klar i hjernen hele tiden, så jeg får sagt præcis det, jeg mener og ikke noget ævl. En befrielse fordi jeg nu kan nyde mine omgivelser, familie og venner i fulde drag uden at være fuld. En befrielse fordi jeg ved, at jeg ikke skader mig selv med den usle gift.

Ja, ja, jeg ved det godt! "Da fanden blev gammel, gik han i kloster," som min salig, mor altid sagde.

Men lad mig nu nyde mit otium og min livsfilosofi i fred; alle I andre, som kan styre jeres indtag, skal naturligvis have lov til at glæde jer over tørsten og en lille en til halsen.

Det er bare de 3 halvbumser her på bænken, som ville nyde godt af at holde inde med deres besøg på Spritbolaget – og så naturligvis jeg, som har indset, om end i en sen alder, at jeg ikke er skabt til at nyde den ædle vare.

Nu gik den ikke længere, min numse blev igen alt, alt for varm og svedig, så kurs mod Hantverkaregatan 2F – mim lejlighed.

Hay Assersif

Mens jeg ventede på mere fra mr. Thompson – flere møder – retsmøder, og der intet hændte, begyndte jeg at blive lidt utålmodig; jeg savnede pigerne og deres selskab.

Jeg begyndte derfor så småt at tænke på at tage tilbage til Marokko; det var jo i virkeligheden næsten hip som hap, om jeg tog fra Kastrup lufthavn til Stansted eller fra Agadir til Stansted, når møderne engang skulle holdes.

Jeg var nu så mobil, at jeg ikke behøvede at tænke så meget på mellemlandinger og planlægge det hele detaljeret; jeg kunne i høj grad skelne meget mere til prisen; så det gjorde jeg.

Jeg kiggede på Momondo – appen med rejser; men fandt ikke rigtig noget. Men da jeg kiggede Ryanair efter i sømmene, opdagede jeg, at de havde en rejse fra Kastrup til Edinburgh i Skotland for næsten ingen penge. Jeg vidste i baghovedet, at der var direkte rejser – også med Ryanair - fra Edinburgh til Marrakech, hvilket jeg også fik bekræftet, da jeg tjekkede det. Minsandten om ikke også denne rejse var til at få for en klatskilling!

I løbet af ingen tid havde jeg booket hele rejsen for under 700 DKK; det meste af natten skulle godt nok tilbringes i Edinburgh lufthavnen. Jeg frygtede det værste, når jeg tænkte på Stansted.

Da dagen oprandt, hvor jeg skulle afsted, tog jeg toget via Hässleholm til Kastrup lufthavn ganske uden problemer og passerede security også ganske problemer – jeg havde som altid tjekket ind hjemmefra, så QR koden - boardingpasset var klar.

Turen til Edinburgh gik ganske fint, så nu måtte det komme alt det besværlige! Men det kom ikke. Det var ikke Stansted! Paskontrollen fungerede bare. Jeg skulle skulle gemmem security endnu engang, men det gik også uden problemer; det var bare mine proteser, der fik anlægget til at hyle; men det er jeg vant til.

Da jeg satte mig til at sove i en stol, fik jeg lov til at blive siddende; rengøringsfolkene gjorde bare rent rundt om mig.

Jeg sandede endnu engang, at vi danskere har meget mere tilfælles med skotterne, end skotterne har med englænderne. Selv sproget er til trods for det engelske med ”dansk accent.”

Tidligt om morgenen stod flyet parat, så vi blev drevet ombord som en anden kvægflok, så vi kunne komme afsted til tiden.

Jeg sad sammen med to skotske lærerinder, der trods deres alder, de var i hvert fald over halvtreds år gamle, forklarede at de var mountainbikere. De skulle ned i de marokkanske bjerge for at deltage i et mountainbike traff, hvor der kom folk fra hele verden. Jeg ønskede dem naturligvis god fornøjelse.

Selvom jeg havde meldt min ankomst i forvejen, havde jeg frabedt mig modtagelse på Gare Routiere i Agadir, da den bus, jeg skulle med fra Marrakech ikke er kendt for sin præcision, så der var ingen grund til unødvendig venten.

Jeg nåede hjem til Hay Assersif med kollektiv taxa og aktaf det sidste stykke vej.

Inden jeg nåede at banke på jerndøren, blev den nærmeste flået op af to små puslinge, der endnu engang gav mig jordens varmeste modtagelse.

De næste dage gik med meget snak om det ene og det andet. Vi ventede stadig på en besked fra mr. Thompson. Den kom også efter fem dage – men ikke den besked om planlagte retsmøder, vi havde ventet?! Lai Mui og jeg måtte læse beskeden igennem flere gange for at forstå, at det var rigtigt, det vi læste.

Der stod nemlig, at sagen var blevet afvist af retten i London og heller ikke ville blive gennemført i nogen anden form. Der var flere grunde hertil - manglede og misvisende dokumentation, som ikke var blevet accepteret blandt andet på grund af af falsknerier med sorte penge. Mr. Thompson gav samtidig udtryk for, at vurderingen var, at Lai Mui ikke ville blive yderligere forfulgt. Lai Mui jublede , da det gik op for hende, at hun var en fri fugl.

Da jeg sagde til hende, at nu kunne hun godt tage hjem til Sverige igen, blev der en lang pause, hvorefter hun forklarede, at det ville hun sandelig tænke over. Her havde hun noget at leve for - her var alle de gode råvarer til hendes kinesiske køkken, som hun ikke havde haft siden hun var ung i Kina, og endelig følte hun sig mere hjemme her. Så hvis hun måtte bo hos os på ubestemt tid, ville hun være lykkelig. Vi spurgte naturligvis Jamila lige efter, om hun ville have Lai Mui boende, selvom hun nu ikke blev forfulgt af de modbydelige svenske rockere længere? Det ville da være dejligt, hvis Lai Mui blev boende - og sådan blev det. De omfavnede hinanden flere gange!

Tanker på tagterrassen

Det skulle fejres på den øverste tagterrasse, så vi startede allerede med aftensmaden - en vellavet marokkansk tagine, som Jamila stod for. Senere drak vi te med nana (mynte) og spiste flere slags kager.

Mens vi sad dér på tagterrassen, gik snakken lystigt. Vi snakkede naturligvis om Lai Mui, der igen følte sig som en fri kvinde, der ikke behøvede at gemme sig; så nu ville hun derfor rejse rundt i Marokko for med egne øjne at se de mangfoldige, forskellige landskaber og befolkningsgrupper, som jeg havde berettet om. Jamila lovede at bistå Lai Mui på rejserne.

Vi havde med vilje ikke taget vores mobiltelefoner med op på taget for ikke at blive forstyrret af opkald eller tovlige notifikationer; vi skulle heller ikke blive fristet til lige at kigge en ekstra gang på telefonen.

Men telefonen må have været i Jamilas tanker alligevel, for Jamila sagde på en gang: "Pål, prøv at fortælle, om din crazy telefon teori!" "Hvis I gider høre den, er den her," sagde jeg: "Min nye "sindssyge" teori er, at det er mobiltelefonen, der holder sammen på verden - frelser verden. Alle de billetter, jeg booker til bus og fly, bliver booket via mobiltelefonen. Alle mennesker, selv fattige, har en mobiltelefon, så de kan få del i dette. Forstår du ikke lige det sprog, du bliver præsenteret for, kan du bruge mobilen, så oversætter den. Du har som aldrig før haft mulighed for at vide/vurdere værdien af de oplysninger, du får fra den regering/det regime, du er underlagt. Alle anderledes tænkende end magthaverne har mulighed for at kommunikere med hinanden - forhåbentlig om gode, konstruktive, positive tanker for menneskeheden. Mobiltelefonen er på den måde en trussel mod eksisterende, excentriske, tyranniske magthavere - men de står nærmest magtesløse! Der er slet ingen tvivl om, at det er de rette informationer, der skal redde os. Mobilen har også apps, som advarer mod overgreb fra myndigheder, så jeg ser absolut mobiltelefonen som en slags redning for verden - du kan endda have den med alle steder i modsætning til computeren."

Jamila og Lai Mui nikkede og tænkte.
Så kom Lai Mui med en indvending - hun er buddhist og religionen fylder en del i hendes liv. "Men Pål religionen holder os også sammen, tror jeg?"

Det fik mig til at fremkomme med flere af mine tanker.

"Jeg tænker tit på, hvem der former din Gud og hvem der former min Gud og hvis Gud, der er den mest tolerante," sagde jeg og fortsatte: "Selvom jeg har læst en del religions historie, er de religioner jeg kender bedst til Islam, Kristendommen og Buddhismen.

Det er bemærkelsesværdigt, at i alle tre religioner er der folk, som holder sig regelret til de gamle ord og sætninger, ja endda til de oprindelige sprog. Så er der de folk, der ser det hele lidt oppefra og mener, at det ikke er de gamle ord, sætninger og sprog, der er det essentielle. De giver udtryk for, at det er næstekærligheden, forståelsen for hinanden og et samliv i fred, der er det afgørende.

Tag ikke fejl - begge grupper er lige religiøse og vil i bund og grund opnå det samme - hvorfor dog ikke tro på én sammenholdende Gud, der indeholder det hele i et moderne sprogbrug - bed på dit modersmål - Gud forstår alle sprog - så det behøver hverken at være latin eller arabisk og sig til din præst, imam eller hvad, han hedder, at han skal prædike på et forståeligt sprog. Gud er til for alle - ikke kun for nogle få - respekter andre og deres positive meninger! Vi kommer ikke langt med en pedantisk gud - lad Gud være den nådige og den barmhjertige. Læg stridsøksen i striden om Guds søn Jesus - Jesus ønsker selv det samme, det har aldrig været Jesus's mening, at vi skulle strides, om han er en af de største profeter eller Guds søn - så lad dog Jesus være Jesus, og gør op med dig selv og med din Gud, om du vil frelses og bede med Jesus's hjælp eller henvende dig direkte til Gud med dette.

Essensen er stadigvæk et liv på denne jord i medmenneskelig forståelse for hinanden og hinandens værdier med nådighed og barmhjertighed overfor hinanden til Guds glæde.
Selvom du ikke er troende, hjælper det dig, at tro lidt alligevel og bede en lille bøn."

"Nu ikke mere religion Pål!!!" skreg de i kor, så jeg stoppede.

Men vender tilbage senere i efterskriftet.

Det var også blevet mørkt, og stjernerne var stået op; vi så dem funklende på nattehimlen. Jeg viste dem stjernebillederne - Karlsvognen, Cassiopeia, Dragen og stjernen Nordstjernen og fortalte lidt om, at stjernehimlen var forskellig alt efter, hvor på jorden man var. På den sydlige halvkugle kunne man for eksempel se stjernebilledet Sydkorset.

Da vi begyndte at snakke om, hvor mange stjerner der var, kunne jeg endnu engang ikke dy mig - min multivers teori, som jeg også præsenterer i bogen 'Stjernestøv i blodet,' skulle frem. Så jeg fortsatte: "Prøv, at forestille jeg uendeligheden både i rummet og i tiden, prøv at forestille jer noget, som bliver større og større og aldrig holder op med at blive større og større. Prøv at forestille jeg noget som bliver mindre og mindre og aldrig holder op med at blive mindre. Prøv at forestille jer, at tiden altid har været der og altid vil være der!" - mere nåede jeg ikke at sige, for Jamila sagde: 'STOP Pål!!" Og Lai Mui bifaldt hende minsandten.

Men I kære læsere slipper heller ikke for min teori om multiverset, som jeg også vil berette mere om i bogens efterskrift.

Imidlertid var Jamilas tanker blevet vakte om noget andet, så hun opfordrede mig til at fortælle om, hvordan og hvorfor, man kunne have stjernestøv i blodet.

Så jeg fortalte om, hvad der hændte dengang for mange år siden i parkanlægget i Kalundborg, som jeg har fortalt om det i min bog: 'Stjernedtøv i blodet.'

Jeg havde set en orange ildkugle slå ned i parkanlægget og hentet min søn Casper, så vi begge fra en vej, som går forbi parkanlægget, gennem nogle buske kunne iagttage, hvad der skete.

Casper prikkede mig på skulderen og hviskede: ”Se dér!” Hvad var dog det, to bittesmå sølvglinsende personer, der så ud til at være mænd, kravlede rundt på et kegleformet legeme og lavede et eller andet? Der var ingen tvivl om, at det var et mini rumskib med mini personer.

Vi turde ikke opholde os længere i buskadset og skyndte os hjem for at lukke døre og vinduer forsvarligt.

Den næste dag - tidligt om morgenen var rumskibet væk; men der var efterladt en lille syg mand i sit sølvglinsende tøj.

På sygehuset fik jeg lov til at ledsage den lille mand med ind på undersøgelsesstuen. Da han lå på briksen, tog sygeplejersken forsigtigt den sølvglinsede dragt af ham og vendte sig om for at finde noget af sygehusets tøj i den rigtige størrelse. Jeg sad og kiggede på den lille mand og vupti! Hvad skete der?! Han antog normal størrelse. Han var lys i huden som jeg, men lidt mindre og spinkel. Da sygeplejersken vendte sig om med noget passende børnetøj, fik hun et chok. Jeg sagde hurtigt, at hun ikke skulle tænke så meget over det, jeg ville forklare senere, jeg havde den lille mands verdensbillede brændt fast et sted i min hjerne, så jeg forstod det hele.

Efter at den nu ikke lille mand var blevet iført voksen tøj, kom der en læge for at undersøge ham, jeg tolkede stadig via telepati.

Efter yderligere undersøgelser inklusive røntgen blev det konstateret, at han havde tarmslyng. Alle hans organer og kropsbygning var som vores.

Efter at have forsøgt at rette hans tarmslyng uden held, blev det besluttet, at han skulle opereres.

For at gøre en lang historie kort, blev han opereret og endte med at stifte familie og blive sproglærer i Slagelse. Han kaldte sig slet og ret Hans.

Hans og jeg havde og har stadig mange og lange samtaler om multiverset og om fænomenet, stjernestøv i blodet. Jeg forstod ret hurtigt begrebet. Jeg fattede, at specielt dem der kommer fra multiverset til vores jord har meget stjernestøvv i deres blod; stjernestøv som formidles videre til de børn, de får med jordiske mennesker.

Meget tidligere i mit liv, da jeg var dreng, havde vi en nabo, fru Hansen. Fru Hansen kom fra samme egn som min oldemor, min farfars mor, ca. 30 km fra Kalundborg, tæt ved Jyderup stationsby.

Oldemor Inger Marie Hansen, var en lidt livlig dame, som havde en svensk kæreste, Hendrik Böjsen, der var handelsrejsende og besøgte hende nogle gange om året, når han kom forbi. Han var desværre gift hjemme i Sverige, hvor han boede med sin familie nord for Gøteborg i byen Kungälv. Alle i sognet vidste det.

"Men en gang hændte det," fortalte fru Hansen, at Marie på et tidspunkt ude i skoven fandt "glittermanden," som hun kom bærende med i favnen. Hele landsbyen havde set det!

Først nu, mange år senere, kunne jeg se sammenhængen. Glittermanden måtte være en mini mand med sølvglinsende tøj ligesom ham fra rumskibet. Da sognebørnene så ham sammen med oldemor dagen efter, var han i fuld størrelse.

Han boede hos oldemor Marie et stykke tid; og fru Hansens søster, Olga, som ofte fulgte med fru Hansen, fortalte med store øjne, at han havde gjort Marie gravid.

Glittermanden blev kun kort tid hos Marie. Han forsvandt sporløst en dag, da han gik alene i skoven, og ingen så ham siden.

Marie fødte en søn, som Hendrik ifølge kirkebogen i Holmstrup kirke ved Jyderup, påtog sig faderskabet for, han har vel heller ikke vidst andet.

Nu var Marie var i knibe, hun havde i forvejen en lille søn og nu en mere. Hvad skulle hun gøre?

Jo! Hun bankede en aftenstund på døren hos den rare træskomand med det forkrøblede ben, Niels Jørgensen. Da hun stod udenfor med de to drenge, den ene ved hånden og min farfar på armen, forbarmede træskomanden sig over hende.

Det endte såmænd med, at de blev gift, så den lille nye Christian med stjernestøvet i sit blod fik efternavnet Jørgensen. Jeg har således troet det meste af mit liv, at Niels Jørgensen var min oldefar for efterfølgende grundet slægtsforskning, at tro, at det var Hendrik Böjsen fra Sverige. Men ved nu, at det var ingen af dem. Det var glittermanden!

Da oldemor Marie døde ganske ung kun 28 år gammel, tog Niels min reserve oldefar over, så min farfar blev hos ham og blev opdraget af ham sammen med storebror og en lillesøster, som Niels og Marie i mellemtiden havde fået sammen.

Da min farfar Christian Jørgensen var søn af en glittermand - en rumrejsende, var hans blod derfor fyldt med stjernestøv - så det er naturligvis derfra jeg har mit stjernestøv i blodet.

Efterskrift

Min kære, gamle veninde Lai Mui behøver ikke at leve i skjul længere, og jeg er kommet af med de fleste af mine tanker enten på varmebænken i Perstorp eller på den øverste tagterrasse i Hay Assersif. Men jeg mangler stadig at få afreageret med et par yderligere tanker, som jeg helst ikke skulle brænde inde med; jeg vil derfor plage jer med dem i dette efterskrift.

Da Jamila og Lai Mui ikke ville høre mere om uendeligheden og multiverset, måtte jeg holde inde med foredraget, som jeg istedetfor fortsætter her.

Efter nøje overvejelser vil jeg fortælle om det gennem. vores lille sølvglinsende, mand Hans, som vi netop har stiftet bekendtskab med.

Vi er tilbage i Ellingelund, parkanlægget i Kalundborg. Det er tidlig morgen - rumskibet er væk - kun Casper og jeg står og betragter den svedne cirkel fra formentlig rumskibets start.

Men vi konstaterer pludselig noget andet - noget mere! Hov! Hvad var det der lå dér og gispede? Det var en af de små mænd i sølvglinsende dragt, som var efterladt eller glemt. Han var uden tvivl syg, så jeg tog min jakke af, og lagde den på jorden. Casper ofrede også sin jakke, som vi lagde over ham.

Vi havde endnu ikke mobiltelefon dengang, så jeg bad Casper om at løbe hjem og ringe 112 og forklare, at de skulle køre til Ellingelund og gå ind bagved søen til den gamle skøjtebane.

Mens Casper var hjemme for at ringe, kiggede den lille mand i ¼ menneskestørrelse, intenst på mig med sine store, brune øjne.

Uden at tale, ved tankens kraft overførte han et budskab til mig på meget kort tid, som brændte sig fast i min hukommelse og stadig er dybt forankret i mig: "Universet er uendeligt i alle retninger, vi er født i en verden uden grænser! Den ene vej bliver alt større og større i en uendelighed, den anden vej bliver alt mindre og mindre i en uendelighed.

I kan diskutere, om en uendelighed har et midtpunkt, selvom det er absurd at tale om. Men set fra jeres aktuelle verden, hvor uendeligheden breder sig uendeligt ud i alle retninger, lever I vel i en slags midtpunkt, selvom I i virkeligheden bare befinder jer et sted i uendeligheden.

I siger "Jamen Big Bang er starten!" Nej, Big Bang er blot en meget lille del af uendeligheden "tæt på jer," der er og vil altid være Big Bangs i det uendelige univers med områder, der udvider sig for at trække sig sammen igen og medføre Big Bangs.

Så siger I: "Jamen, den mindste partikel, Higgins partiklen er fundet!" Hvordan kan I vide, at det er den mindste partikel?

Inden længe vil I finde endnu mindre partikler, og sådan vil det fortsætte i en uendelighed. Historisk har vi universelle mennesker, jer og os, altid troet, at vi har fundet grænserne, men alligevel måttet udvide dem i takt med nye opdagelser.

Universet er uendeligt, har altid bestået og vil altid bestå!

Universet er uendeligt i rum og tid!

Det er det ikke "det lille univers," I kan registrere i dag, men det uendelige univers - multiverset, jeg taler om.

Os universelle mennesker er ikke født til at fatte uendeligheden, det er en del af problemet!

Hvis I på jorden ikke ødelægger jer selv, vil I en dag kunne rejse i det uendelige univers i alle retninger med tankens hastighed, uden brug af konventionelle hjælpemidler, som vi gør det.

Vore rejsemåder er meget anderledes end dem, I kender i dag, styret af kræfter, som endnu er skjulte for jer.

I vil samtidig kunne tilpasse jeres størrelser og jeres transportmidlers størrelser til de givne forhold, som vi gør det, så I kan rejse overalt i universet, set fra 'jeres midtpunkt,' både i makro universet og i mikro universet!

Så I har besøg på jeres lille jord fra øvrige steder i universet - multiverset hver eneste dag, uden at vide det."

Jeg tænkte over det og måtte konstatere, at det ikke var i overensstemmelse med Einsteins teorier ej heller i overensstemmelse med moderne astronomers meninger. Men valgte ikke umiddelbart at forholde mig til det, da tiden var knap, og jeg hørte ambulancen, og lidt efter så Casper komme med ambulanceredderne, som han havde ventet på ved søen.

Den lille sølvglinsende mand lavede endnu engang telepati med mig og kiggede på mig med sine intense, brune øjne: "Følg med mig, hvor vi så end skal hen!"

Politiet kom lige efter, tog billeder og afspærrede området.
Casper og jeg fik vores jakker igen, da den lille mand blev lagt på båren med et tæppe over sig.

Her er nogle flere tanker om noget helt andet:

Det er med bekymring, jeg ser på den højreekstremisme, der hersker i flere af de tidligere østtyske delstater. Men jeg forstår egentlig godt situationen.

Da genforeningen var en realitet, så den østtyske befolkning guld og grønne skove forude! Men det gik ikke sådan, rigdommen udeblev. Dem der havde haft arbejde på Wartburg fabrikken og andre lignende fabrikker blev arbejdsløse og dem der havde brudt brunkul, stod også snart uden arbejde; tilværelsen blev en tilværelse med arbejdsløshed.

Stasi hang godt nok ikke over folks hoveder længere; men med den moderne overvågning, vi snart fik, føltes det ikke meget bedre.

Mentaliteten fra det gamle styre var heller ikke sådan at ændre. De allerede veletablerede virksomheder i vest, sammenholdt med en stor kompetence, trak arbejdet til sig som en magnet.

Så når beboerne i øst i dag kigger ind i vest fra deres nedslidte, små, gamle lejligheder, kigger de stadig ind i det forjættede land, som de aldrig fik del i. De føler, at det demokrati, der skulle frelse dem, har svigtet dem og indser, at på trods af fortidens varsler, må der stærke mænd til at rette op på uligheden.

Dette får mig til igen at tænke på kineserne med deres specielle styreform, som består af en stærk mand/stærke mænd.

Den gule fare

Min mor, der var født først i forrige århundrede, talte meget om den gule fare. Hvis jeg husker rigtigt, tror jeg, at hun sagde, at det var allerede i 1914, det begyndte.

Når jeg kigger mig omkring, eksisterer den gule fare i allerhøjeste grad stadigvæk.

Vi er bange for deres salg af elbiler og lægger told på elbiler fra Kina - men kineserne er allerede i gang med at bygge to gigantiske elbilfabrikker i Tyrkiet, der har en favorabel handelsaftale med EU. Fabrikkerne skal stå færdige i 2026 med fuld produktion. Der kom de os vist i forkøbet!

Kineserne opruster som aldrig før, det er småting i forhold til Rusland, læste jeg. Ja, det er ganske rigtigt, det gør de, og det ville jeg også gøre, hvis jeg var dem! De er simpelthen tvunget til det på grund af vores oprustninger både i Europa, Rusland og USA. Hvis de ikke gjorde det, ville de være alt for let et bytte.

I virkeligheden er det nemlig ikke kinesernes strategi at vinde verden med voldelig krig - det har de allerede bevist.

Deres rige er i forvejen kæmpestort og de har indført/indfører regler, så deres samfund kan komme til at fungere optimalt.

De ved, at hvis de skal have det godt, skal de være i stand til at forske, leve, producere og sælge til hele verden - helst en hel verden der har penge og arbejder for at tjene penge, så kineserne på den måde kan få velfærd.

Hvordan vinder de så verden uden voldelig krig og øger velfærden samtidig? Det gør de på flere måder; kineserne er eksperter i dette.

I det Afrika jeg kigger ned i her fra min marokkanske dal, har de i allerhøjeste grad forstået, at vinde indpas - de har vundet indpas med hospitalsbyggeri, forbedringer og fornyelser af infrastrukturen, oprettelse af universiteter og læreanstalter - med kinesisk sprog og skrifttegn.

Selvfølgelig er der ingenting i denne verden, der er gratis, så kineserne henter i stedet for de råmaterialer, som de har brug for i deres produktion hjemme.

Det er i virkeligheden tre fluer med ét smæk - de øger velfærden i landene med øget viden og erfaringer, som de deler ud af, samtidig med at de får "gyldne" råmaterialer og senere får de et trofast marked, hvor deres mange produkter kan afsættes.

De er gode til at sælge deres færdige produkter til særdeles rimelige priser og tilmed efterhånden af høj kvalitet og megen akkuratesse. Vi er blevet/bliver afhængige af kineserne på denne måde - det ved de naturligvis også. Det er endnu en indirekte måde at vinde verden på.

Deres nyhedsmedier giver i mange henseender også vores slaskede nyheder baghjul. De er ikke uden propaganda.

Tilbage til indledningen om den gule fare, behøver man at diskutere, hvad der forstås ved fare. Jeg personligt ved ikke om der er tale om fare - jeg har gennem et helt liv været afhængig af amerikansk videnskab, amerikanske varer og er blevet tudet ørerne fulde med amerikansk levevis - vel også propaganda, så rent logisk må jeg blot konstatere, at der er en anden part, hvad enten jeg kan lide det eller ej, der er ved at tage over/har taget over som førende i verden, tilmed uden synderlig meget krig! Objektivt set er det vel ganske godt gået!

Disse tanker får mig til at tænke på flokdyret, mennesket igen. Hordan ville mennesker leve på denne jord, hvis ikke de var flokdyr. Samfundet, hvor vi lever, oplever og udvikler tingene sammen, ville næppe eksistere. Der ville ikke være byer og ingen struktur af nogen slags. Spørgsmålet er, om mennesket overhovedet kunne have overlevet på jorden uden at være et flokdyr med stærke ledere.

Jeg tænker ofte på, hvordan religionen passer ind i flokdyrets mentalitet og har lavet efterfølgende lille opråb som en slags fortsættelse af mine tidligere tanker i bogen.

Glem ikke - lige meget hvem I er, og hvilken tro i tilhører - gælder også for såkaldte ikke troende - at Buddha, Abraham/Ibrahim, Jesus/Eisa og Muhammed havde det samme mål: At vi mennesker skulle kunne leve sammen i fred og fordragelighed under ordnede forhold i harmoni med hinanden.

Deres fremgangsmåder var forskellige på nogle områder; men i mangt og meget er der en meget stor overensstemmelse, meget mere end I vil indrømme, fordi I er præget af jeres forældre, jeres skole med et religiøst tillæg og jeres modstand mod andres tankegange. Alligevel skulle I på trods af dette og tidens jag og stress, give jer tid til at læse, hvad I kan finde om Buddha, Det Gamle Testamente, Det Nye Testamente og Koranen. I vil opdage, at alle fire har haft det samme mål - I vil opdage, at der ikke er særlig langt imellem os.

Jeg kan i den forbindelse ikke dy mig for at komme med lidt religionshistorie: Abraham/Ibrahim er jødernes, de kristnes og muslimernes fælles forfader, husk på det!

Selvom det er efterhånden mange år siden, at jeg læste om Buddhismen i en fantastisk bog, jeg desværre senere byttede til en bog om Konfutses lære, husker jeg stadig fortællingen om Buddhas fødsel, der selvom, den var meget forskellig fra Kristi fødsel, alligevel havde nogle slående ligheder. Buddhas mor fik minsandten besøg af det hvide næsehorn, inden Buddha blev født. Det hvide næsehorn, der er sammenligneligt med Helligånden, stødte sit næsehorn ind i siden på Buddhas mor, som fødte Buddha ni måneder efter igennem dette hul, mens englene sang i det høje og lotusblomsterne dalede ned i dammen. I modsætning til Jesus/Eisa blev Buddha født ind i en rig kongelig familie. Hans videre opvækst med skjulte besøg uden for slottets mure og hans senere skoler og prædikener, må vi lade vente til en anden gang. Det der undrer mig er nemlig - trods omgivelserne - de store lighedspunkter med hensyn til begivenheden før fødslen og omstændighederne ved selve fødslen - det skulle ikke undre mig, om karavane drageren og købmanden har haft en finger med i spillet og bragt beretningen, hvor de kom frem. Selvom den store forskel på Kristendommen og Islam er spørgsmålet om, Jesus/Eisa er Guds søn eller ikke, er det alligevel bemærkelsesværdigt, at i Koranen fik jomfru Maria/Mariam lidt sæd tilført; husker jeg ret, var det af ærkeenglen. Ni måneder efter fødte Maria/Mariam Jesus/Eisa, mens hun sad op af en palme. Der er mange, som ikke ved hvilken stor betydning Jesus/Eisa har i Islam. Han er kærlighedens profet og rangerer blandt de fem store profeter. Maria/Mariam har ligeledes en høj status i Islam – læg blot mærke til de mange piger, der bærer navnet Mariam.

Hvor vil jeg nu hen med alt det her? Jo, jeg vil påpege ligheder og ikke forskelle.

Det er på tide, at I erkender det, så muligheden for at vi kan leve sammen i fred og harmoni, igen kan blive en realitet.

Jeg er ganske klar over, at det vil være en hindring for de egoistiske, magtsyge ledere, der styrer mange af verdens samfund i dag; for dem ville det være et nederlag at erkende det, da det ødelægger deres egoistiske magt.

Alligevel er mit håb, at menneskeheden vil forstå budskabet. Hvis vi undgår misbrug af vores fantastiske, veludviklede kommunikationsmidler og fokuserer på ligheder i stedet for uligheder, burde vi have en reel chance.

Jeg springer lidt i det igen!

Jeg har også en erkendelse at gøre!

Jeg må erkende, at jeg har været udsat for en lille revolution i mit sind indenfor de sidste år.

Når jeg får et "anfald" over menneskets dumhed, har jeg lært mig, at aflede tankerne og istedetfor tænke på, hvor fantastisk det er, at jeg stadig, trods min alder, kan springe rundt - godt nok på grund af mine protester - og hvor fantastisk det er, at jeg stadigvæk kan tænke og ræsonnere på grund af mine chips - nej det var en dårlig spøg, jeg har forhåbentlig ingen chips i hjernen. Det er også utroligt, at jeg er blevet repareret til dags dato, lige meget hvad der har været af skader! Så selvom der lige nu er krige, konflikter og problemer overalt, har jeg alligevel svært ved ikke at være glad.

Mine forældre havde slet ikke muligheden for at blive repareret i den udstrækning, jeg har oplevet det. Så igen kan jeg kun være utrolig glad og taknemmelig.

Nyhederne, top historierne og det der kommer væltende ind ad døren, er med mine mange år på bagen sammenholdt med nævnte reparationer kommet i et andet perspektiv - i en anden række, så selvom jeg umiddelbart får nævnte "anfald," falder jeg hurtigt til ro. Det jeg tidligere har taget dybt alvorligt, giver i dag bare anledning til et lille smil. Det kan være tumult i den danske eller svenske regering, tog der ikke kører til tiden, og kongelige skandaler. Jeg har ligesom nået et stadie, hvor det, der sker og hænder, ikke går mig på som tidligere, så efter den korte ophidselse, smiler jeg bare overbærende over det, jeg har set eller læst. Selv når myndighederne en gang imellem sender skrivelser med en løftet pegefinger, tillader jeg mig bare at trække på smilebåndet.

Inderst inde føler jeg, at jeg har fået en evne til at gennemskue det, som sker, og det som jeg bliver præsenteret for; jeg oplever at se meget i "helikopter perspektiv," og jeg fornemmer også helt klart, at det er stærkt medvirkende til, at jeg har svært ved at gå i panik.

Umiddelbart før corona krisen, ankom Jamila og jeg fra Sverige til Marokko. Vi nåede bare at være i Marokko nogle få dage, før mobiltelefonen midt om natten "overfaldt" os med en sms fra det danske udenrigsministerium: "Kom hjem, kom hjem, så hurtigt I kan!" Uha, den var grim, vi blev helt hede om ørerne. Men alligevel, i stedet for at jeg købte flybilletter i panik, kontaktede jeg de danske corona myndigheder den næste dag og spurgte om, hvordan de havde tænkt sig, at det skulle foregå. Da de havde fået mit danske personnummer, fik jeg umiddelbart efter at vide, at vi ikke kunne komme til Danmark, selvom jeg var dansk statsborger; vi havde ikke bopæl i Danmark. Jeg følte mig på en gang som en tredjerangs dansker. Derefter tænkte vi lidt over det hele og blev enige om, at det så var Sverige vi skulle kontakte, og det gjorde vi. De svenske myndigheder, svarede prompte, at vi altid var velkomne i Sverige; men da situationen var alvorlig med overfyldte sygehuse, og en epidemi der var ude af kontrol, kunne vi ikke forvente nogen form for sygepleje eller lignende, hvis vi skulle blive syge; så hvis vi kunne blive, hvor vi var indtil videre, ville det sandsynligvis være det bedste. Selvom det svenske svar ikke imødekom vores ønsker, var det alligevel et forståeligt, medmenneskeligt svar.

Vi vidste nu, at vi måtte blive for en tid i Marokko; men vi gik ikke i panik af den grund. Vi indrettede os efter bedste evne på situationen.

Det var i øvrigt næsten som at få en appelsin i turbanen, for Marokko var et af de første lande i verden, der gennemførte vaccination mod corona sygdommen. Senere i slutningen af corona epidemien kunne jeg ikke dy mig! Jeg klagede på en pæn måde, mundtligt til de danske corona myndigheder og fik følgende svar: "I skulle bare være kommet, så var i såmænd nok blevet lukket ind alligevel!" Jeg må tilstå, at "helikopterperspektivet" forsvandt et kort øjeblik; jeg blev lettere provokeret, så jeg svarede tilbage, at dette svar kunne jeg ikke bruge til noget! Men bar efter "anfaldet" hurtigt over med personen i den anden ende af telefonen.

Under epidemien havde jeg masser af tid, så jeg læste alt, hvad jeg kunne få fat i på mobilen og blev efterhånden, som jeg læste det mere og mere forbavset over, hvordan panikken havde bredt sig. Normalt velfungerende regeringsledere havde ladet sig rive med af flokkens panik og handlede ganske ulogisk uden at vurdere problemerne til bunds. Det var næsten som lemmingerne, der følger flokken og styrter i afgrunden.

Jeg må tilstå, at jeg fik et andet syn på lederne og deres regeringer - et syn jeg stedse, dagligt får bekræftet, når nyhedsmedierne bringer artikler om klimaforandringerne, som bliver benævnt klimakrisen - et panisk ord. Der er kun en vej med skyklapperne på - flokken skal føle panikken - der er ingen, der tænker på alternative løsninger - for naturligvis er der alternative forklaringer, årsager og løsninger, som bare ikke får lov til at komme op til overfladen i panikkens navn.

Jeg er som allerede nævnt slet ikke i tvivl om, at mange af de store konflikter, kriser og krige skyldes gale, griske personer - flest mænd - som først og fremmest plejer deres egne interesser, jeg har ikke lyst til at nævne navne og behøver det heller ikke; bare kig ud i verden og se den sorg og død, de medfører; det vrimler med dem! Jeg har tænkt på, at løsningen kunne være, at alle vi andre rottede os sammen mod dem og tog styringen. Men hvordan kan vi gøre det? Jeg må erkende, at det kræver et specielt menneskeligt sammenhold, da menneskene, som allerede nævnt flere gange, er underlagt flokdyrets mentalitet og ganske ukritisk underlægger sig bevidst som ubevidst den stærke leder. Så den eneste mulighed er, at vi mennesker på tværs af kultur, religion og hudfarve står sammen og udvælger stærke ledere med et medmenneskeligt livssyn. Men mere herom i konklusionen.

Der er mange grunde til rovdriften på jordens ressourcer; en af de store er den omfattende transport i egne biler; men der findes mange andre forskellige, spændende transportmuligheder end bilen.

Inden min sidste hofteoperation af højre hofte, havde jeg problemer med, at hoften låste - møg irriterende og ubehageligt! Jeg oplevede det i bilen én gang, mens jeg kørte, og det var rigeligt - uha!!! Så efterfølgende lod jeg bilen stå og tog tog, færge og bus. Jamen, det var en helt anden verden, jeg oplevede! På den anden side af gangen overfor mig i toget fra København til Helsingør sad der et par, hvor kvinden var dansk og manden fra Melbourne i Australien; det blev til meget snak, hvor jeg blandt andet fortalte om min mors morbror, der blev en stor mand i Melbourne. Jeg fortalte også om, hvordan jeg havde beskrevet det i min bog: 'Skrinets hemmelighed,' og jeg fortalte selvfølgelig også om min oldefar (på min mors side), der som bogens hovedperson skiftede identitet.

Overfor mig, sad der en yngre mand først i tyverne og lyttede intenst på det, jeg fortalte. Pludselig åbnede han munden og spurgte om detaljer med hensyn til min bog. Jeg besvarede det hele - han var slægtsforsker og forfatter og ville prøve at læse bogen. Et par gange senere på færgen fra Helsingborg var det en vaks gammel dame, der fortalte mig om hendes barndom i en lille landsby i Skåne. Jeg mødte også en ældre mand med lange lakerede negle og overskæg, han var iført kvindetøj. Han berettede om sin hverdag og sit liv på en ganske sjov og finurlig måde, han var absolut ikke som gennemsnittet; men underholdende som bare pokker.

Efterhånden som tiden er gået, er jeg blevet helt afhængig af alle de spændende mennesker, jeg møder på disse rejser, som er så forskellige fra rejser i bil, hvor jeg bare kører af sted med blikket hæftet på kørebanen foran mig og med lidt stress over trafikken i blodet. Desuden opdagede jeg, hvor mange af mine sparsomme penge bilen slugte - det var sandelig ikke småting, så da jeg tilmed fik frikort til at bevæge mig rundt i hele Skåne med tog og bus, var der ikke så meget at betænke sig på, jeg skrottede bilen!

Jeg glemte helt at fortælle, at der, hvor jeg bor i Perstorp i Sverige, er der bare 3 minutters gang til togstationen, som er i forbindelse med hele verden, så man kan sige, at verden ligger for mine fødder, selvom jeg ikke har bil.

Så er der lige stjernestøvstankerne.

Lai Mui er helt sikkert en dame med masser stjernestøv i blodet.

Jamila har også stjernestøv i blodet, omend ikke så meget som Lai Mui.

Jeg selv har en oldefar - "glimmermanden" - der som rejsende i det uendelige rum, havde sit blod fyldt med stjernestøv, så jeg har uden tvivl arvet alt mit stjernestøv fra ham.
Jeg har omskrevet afslutnings digtet fra min bog 'Stjernestøv i blodet' en kende:

Stjernestøv i blodet

Vi er så mange på denne jord,
hvor vi bor

Både de brune, hvide, røde, gule og blå
og dem med øjnene på skrå.

I multiverset findes mange fler,'
som os så ofte ser!

Jeg håber, I tager del i multiversets gåde
på jeres positive og dejlige måde.

Vi er en del af en uendelighed,
så ufattelig, som ingen ved.

Vi er på en gang store og små,
afhængigt af hvilken vej vi vil gå.

Hvis vi står sammen,
kan vi sprænge rammen!

For det er en realitet,
lige meget hvad der er sket,

at vi er de samme i hver en krog
uanset forskelligt sprog.

Det skulle gerne blive en herlig sag
i venskabeligt lag.

Tolerance man det kalder.
Uanset din alder.

Stjernestøv i blodet kan vise dig
den rette vej!

Selvom for dem med meget stjernestøv i blodet,
kan livet ofte blive lidt rodet!

Men langtfra trist;
det er sikkert og vist!

Jeg er helt sikker på, at mange af de tanker, jeg har leveret i bogen, ikke er i overensstemmelse med den gruppe af flokdyr, som jeg tilhører, så jeg forventer så sandelig at få på puklen!

Hvis jeg havde udvist så divergerende meninger i andre mindre tolerante flokke, var jeg enten blevet henrettet eller sat i enerum.

Men I forventer en konklusion på alle disse – mine spredte tanker, så jeg vil prøve at samle dem.

Helt overordnet er mennesket – det internationale menneske og det universelle menneske med stjernestøv i blodet et flokdyr, som har formået at danne samfund på grund af vores flokdyrsmentalitet med stærke ledere.

Historisk set har verden indtil i dag bestået af områder med hver sine meninger, kulturer, religioner og isolationer – kinesiske mure – berliner mure – etc.

Men den moderne verden og den universelle verden, der venter os, hvis vores verden får lov til at bestå, er af en hel anden karakter – det er en stor sammenhængende verden, som en dag bliver til en stor multifunktionel verden, så det er i aller højeste grad på tide, at vi indretter os efter dette!

Jeg ser og læser om, hvordan ungdommen i mange lande på trods af lande grænser, kultur, religion og forskelligheder er vågnet op og har fundet nøglen til international forståelse; de fokuserer på ligheder i stedet for uligheder; så jeg håber så inderligt, at deres flok vil vokse sig stor - så stor, at vi får det globale, enorme modspil, som jeg nævnte tidligere, til de gale, egoistiske, gamle ledere, der styrer verden - der styrer flokkene i dag; så den internationale, multiuniversielle forståelse kan vinde indpas med ledere af samme karat. Men husk! Selvom det er ungdommen, der går forrest, er det op til os alle at deltage i denne proces.

Det er heller ikke uden grund, at jeg har fortalt om mit nøjsomme liv; for det ville absolut ikke gøre noget, at vi sætter os ned en ekstra gang – det behøver ikke at være på varmebænken eller på tagterrassen – og tænker efter, hvorden vi lever et godt liv.

Behøver vi i alle familier en bil til at transportere os rundt? Hvis vi kunne komme til den konklusion, at det behøver vi ikke, ville meget se anderledes ud – forureningen – rovdrift på jordens ressourcer og vores bil stress ville blive reduceret kraftigt – løsningen er om ikke gratis alligevel meget billigere, end hvis vi fortsætter vores nuværende "luksusliv."

Så er der lige min nye kæphest tilbage: Alkoholkulturen! Som jeg også ser, at ungdommen af i dag forholder sig meget anderledes til, og det kan jeg kun prise, da indtag af alkohol uden tvivl er medvirkende til at skabe splid og sygdom og samtidig belaster vores samfund i allerhøjeste grad på en lang række områder.

Glem aldrig hvad religionen/kulturen flokdyrsmentaliteten og kapitalens magt betyder i vores liv!

Du kan ikke få eller købe friheden, du må finde den inde i dig selv!

Pas på panikken!

Husk! - Man kommer langt med et smil - selv med et tandløst smil!

God dag til jer alle!